# दस प्रतिनिधि कहानियां

**ओमप्रकाश वाल्मीकि**

ISO 9001:2008
किताबघर प्रकाशन
नयी दिल्ली

दस प्रतिनिधि कहानियां सीरीज़

# दस प्रतिनिधि कहानियां

ओमप्रकाश वाल्मीकि

**प्रकाशक**
किताबघर प्रकाशन
4855-56/24, अंसारी रोड, दरियागंज, नई दिल्ली-110002
फोन : 011-23266207, 41584421
E-mail : kitabgharprakashan@gmail.com
www.bookshindi.com



**द्वितीय पेपरबैक संस्करण** : 2024

**आवरण** : रवि शर्मा

**मूल्य** : एक सौ पचास रुपये

**मुद्रक** : राष्ट्रीय प्रिंटर्स
शाहदरा, दिल्ली-110032

---

DAS PRATINIDHI KAHANIYAN *(Stories in Hindi)*
by Om Prakash Valmiki
Price : ₹ 150 (Paperback Edition)

ISBN—978-93-83233-12-0

# साहित्य में वर्चस्ववाद का यथार्थ और दलित कहानी

हिंदी साहित्य शैलीगत उत्कृष्टता तथा भाषा की शास्त्रीयता को साहित्यिक मान्यता देता रहा है। शिक्षा संस्थानों ने इस धारणा को और अधिक पुष्ट किया है, जबकि दलित साहित्य शैली और शास्त्रीयता से अलग जीवन-संघर्ष की अभिव्यक्ति, सर्जनात्मक मानसिकता और वैचारिक दृष्टि के साथ प्रस्तुत हुआ है। दलित समाज की जीवन संबंधित मान्यताएं, परंपराएं, उनकी संस्कृति, जीवन-अनुभव, जिनसे भारतीय समाज अनभिज्ञ था, उसे दलित साहित्य ने अपनी अभिव्यक्ति का केंद्रबिंदु बनाया है। भारतीय साहित्य में 'मुख्यधारा' एक भ्रामक शब्द है जिसे लगातार जाने-अनजाने वर्चस्व की धीर-गंभीर चालाकियों के रूप में इस्तेमाल करने की परंपरा हिंदी साहित्य में स्पष्ट तौर से देखी जा सकती है। इसीलिए हिंदी साहित्य के मूर्धन्य, विद्वान् आलोचकों को दलित साहित्य की रचनाएं जहां अपरिपक्व दिखाई देती हैं, वहीं अश्लील और अविश्वसनीय भी लगती हैं। इसीलिए आत्मकथाएं हों या कहानियां, इस दृष्टि से पढ़ी जाने पर, उन्हें प्रभावहीन लगती हैं क्योंकि उन्हें घुट्टी के साथ जो पिलाया जाता रहा, वह कल्पना-आधारित साहित्य होता है जिसके निष्कर्षों की पड़ताल तर्कसंगत नहीं होती। वहां सभी तर्क भोथरे सिद्ध होते हैं।

मात्र भाषा या शिल्प के आधार पर किसी कहानी को श्रेष्ठ या कमजोर कहना उचित नहीं है। जिस कहानी में विचार या सरोकार, जीवन-मूल्य न हों, वह कहानी अपनी सामाजिक पक्षधरता खो देती है। एक कहानीकार के लिए यदि व्यक्ति, समाज महत्त्वपूर्ण नहीं है तो उसे

किस श्रेणी में रखा जाएगा, यह एक विचारणीय प्रश्न है। कहानीकार के मन में यदि सामाजिक मुद्दे संत्रास पैदा नहीं करते हैं तो उसके बारे में पाठक किस तरह की राय बनाएंगे, यह जानना साहित्य के लिए जरूरी क्यों नहीं है? एक कहानीकार यदि सामाजिक जीवन की उथल-पुथल से बचकर निकल जाता है या समस्याओं से टकराने की कोशिश नहीं करता है तो उसके साहित्य को आप किस तरह लेते हैं, यह सवाल एक जरूरी सवाल क्यों नहीं बनता?

फ्रांसीसी विचारक रोला वार्थ किसी भी रचना को लेखक से हटकर पढ़ने की बात करते हैं क्योंकि किसी भी रचना को रचना की तरह पढ़ा जाए, तभी पाठक उसके केंद्रीय भाव से तादात्म्य स्थापित कर पाएगा। इस दृष्टि से दलित कहानियों को जब पढ़ते हैं, तो वहां यह तथ्य साफ तौर से उभरता है कि दलित कहानियां जहां एक ओर सामंतवाद, ब्राह्मणवाद के विरोध में खड़ी हैं, वहीं वर्णव्यवस्था के दमघोंटू चक्रव्यूह से भी टकराने की कोशिश करती हैं जिसके कारण भारतीय समाज में दलितों के प्रति अमानवीय घृणा, अस्पृश्यता, भेदभाव, उत्पीड़न और शोषण की जड़ों को खाद-पानी मिलता रहा है। इसमें जरा भी संदेह नहीं कि दलित कहानियों ने भारतीय समाज की पुरातनपंथी मान्यताओं और सोच को बदलकर एक बेहतर समाज की परिकल्पना दी है।

दलित कहानियों का यह निष्कर्ष ध्यान देने योग्य है कि जाति के नाम पर शोषण, दमन, उत्पीड़न, सामाजिक उपेक्षा, बहिष्कार, भेदभाव, कभी भी बेहतर समाज का निर्माण नहीं कर सकते हैं। दलित कहानियों में इस बात पर भी जोर है कि दलित साहित्य का विरोध आर्थिक शोषण तक सीमित नहीं है, बल्कि सामाजिक व्यवस्था में जड़ जमाए बैठी जाति-व्यवस्था, वर्ण-व्यवस्था, सामंतवाद से भी है जिसने भारतीय जीवन को निकृष्ट बनाने के तमाम हथकंडे इस्तेमाल किए हैं और जिसका परिणाम इतिहास में देखने को मिला कि हजारों साल तक भारतीय जीवन गुलामी झेलता रहा। कहीं भी सामूहिक विद्रोह की चिनगारी नहीं फूटी।

मैंने एक लंबे समय तक सरकारी कारखाने में नौकरी की। मजदूरों के संघर्ष और संगठनों की गतिविधियों से नजदीकी परिचय रहा है। 'मजदूर-मजदूर'-'भाई-भाई' का नारा लगाने वाले नेता, मजदूर एक

सफाईकर्मी, जो प्रमोशन पाकर एक मजदूर बन जाता है, वह आखिर तक उनके बीच एक सफाईकर्मी ही होता है। उसे एक मजदूर की तरह स्वीकार नहीं किया जाता है। इसी पीड़ा को सुरेश के माध्यम से 'प्रमोशन' कहानी में उठाने की कोशिश की थी। उसे बार-बार यह एहसास दिलाया जाता है कि वह एक स्वीपर है। जबकि वह उनके साथ मजदूर आंदोलन में शामिल होता है, अपनी प्रतिबद्धता भी दिखाता है, लेकिन गैरदलित मजदूर उसे दलित ही मानते हैं—एक स्वीपर। उसे अपने जैसा मजदूर मानने से उनकी मानसिकता उन्हें रोकती है। सुरेश के लिए 'मजदूर-मजदूर'-'भाई-भाई' का नारा अपना अर्थ खो देता है। एक मजदूर होने पर भी दलित होने का यह बोध तमाम विचारधाराओं के सामने एक सवाल बनकर खड़ा है। लेकिन स्वयं को आधुनिक और जनवादी, प्रगतिशील, राष्ट्रवादी मानने वाले भी इस सवाल से बचकर निकल जाते हैं।

'प्रमोशन' कहानी के संदर्भ में भारतीय वामपंथियों पर यह आरोप भी लगता रहा है कि उन्होंने जाति के मसले को समझने में भूल की, इसीलिए वर्गीय सोच में जाति का मसला उतनी प्रमुखता से शामिल नहीं हुआ। तमाम प्रगतिशीलता के वामपंथी नेताओं, कार्यकर्ताओं के मन में कहीं न कहीं जाति-अहं जिंदा रहा। इसीलिए मजदूर आंदोलन हो या राजनीति सभी जगह जाति के मुद्दे पर उनकी चुप्पी वामपंथी आंदोलन को नुकसान ही पहुंचाती रही है।

दलित कहानियां समाज में मान्य और स्थापित मूल्यों की भीतरी तह तक जाकर उनके विरुद्ध एक नए सामाजिक विकल्प और चेतना की स्थापना कर रही हैं। 'शवयात्रा', 'बपतिस्मा' और 'पीटर मिश्रा' कहानियों के द्वारा इन समस्याओं को खंगालने की कोशिश की है। 'शवयात्रा' कहानी में जहां दलितों के बीच घुसी जाति का दंश दूसरे दलित को झेलना पड़ता है, वहीं 'पीटर मिश्रा' कहानी में ऐसे दर्द को उकेरने का प्रयास किया, जो दलित हो या ब्राह्मण, वे अपनी संकीर्ण सोच से कुछ इस तरह बंधे हुए हैं कि सामाजिक बंधनों के सामने इंसानी रिश्ते भी अर्थहीन होकर छलने लगते हैं। 'बपतिस्मा' कहानी में जीवन में रची-बसी धार्मिक मान्यताएं कहीं न कहीं मानवीय रिश्तों को तोड़ती नजर आती हैं। उस वक्त यही सवाल बार-बार सामने आता है कि

आखिर धर्म की संकीर्ण सोच इंसानों को जुड़ने से रोकती क्यों है? क्या यह धार्मिक मान्यताओं की त्रासदी है या कुछ संकीर्ण सोच के इंसानों की फितरत?

दलित कहानियां सिर्फ साहित्यिक मूल्यों तक सीमित नहीं हैं, वे सामाजिक और सांस्कृतिक मूल्यों को भी स्थापित करती हैं। 'अम्मा' कहानी में मैला ढोने और सफाई कार्य से जुड़ी एक महिला के अंतर्द्वंद्व की कहानी है जो अपने जीवन-मूल्यों के लिए अपने परिवार से भी टकराती है। एक अनपढ़ स्त्री की चेतना से पाठकों का साक्षात्कार जब होता है तो जीवन के कुछ अनदेखे पृष्ठ खुलने लगते हैं।

एक दलित ऐसी समाज-व्यवस्था में सांस लेता है, जो बेहद क्रूर और अमानवीय है। दलित साहित्य इस व्यवस्था को बदलकर एक बेहतर समाज की परिकल्पना करता है। मैंने अपनी कहानियों के माध्यम से समाज की इस विषमता को दूर कर समानता और बंधुता को जीवन में एक जरूरी घटक के रूप में देखा है।

शिक्षा संस्थानों में व्याप्त जातिवाद की जड़ें बहुत गहरी हैं, जो बाहर से सब शांत दिखाई देता है। मेडिकल कॉलेज हों या इंजीनियरिंग संस्थान, सभी जगह आए दिन जातिवाद से उपजी अमानुषिकता देखने को मिलती है। ऐसे ही एक मेडिकल कॉलेज के छात्रों की समस्याओं को केंद्र में रखकर 'घुसपैठिए' कहानी सामने आई। जिसमें मेरिट के नाम पर सामान्य वर्गों के छात्रों की तरह कॉलेज में प्रवेश पाने वाले मेरिट से आए दलित छात्रों को भी उत्पीड़ित किया जाता है। उसमें सिर्फ छात्र ही शामिल नहीं होते शिक्षक भी दलित छात्रों के साथ गैरजिम्मेदाराना व्यवहार करते हैं। इन स्थितियों में कई छात्र आत्महत्या तक कर लेते हैं। इसी समस्या को सामने रखकर यह कहानी अपनी व्यथा के साथ शब्द-रूप ग्रहण कर सकी। अतीत-मोह से चिपके समुदाय को दलित की यह त्रासदी दिखाई नहीं देती। उन्हें सिर्फ आरक्षण दिखाई देता है जो उनके हिस्से को दलितों में बांटने की कोशिश में लगा है। इसीलिए दलित को निकृष्ट भाव से देखने के लिए लोग अभिशप्त हैं। उनके जातीय हित उन्हें सहज रूप से समस्या को समझने से दूर ले जाते हैं।

दलित कहानियों में अभिव्यक्त समाज-व्यवस्था पर किया गया प्रहार उन्हें व्यक्तिगत रूप से अपने खिलाफ दिखाई देने लगता है। दलित

कहानियों की अंत:चेतना और संवेदना से वे असंपृक्त रह जाते हैं। दलित कहानियों की कथावस्तु में जो सामाजिक अस्मिता का सवाल उभरता है, उसे अनदेखा करके वे जाति विशेष से जोड़कर देखने के आदी हैं। दलित कहानियों में सामाजिक उत्पीड़न, जातीय संघर्ष की स्थितियों का मार्मिक चित्रण एक बिंब की तरह उभरता है जो इस संग्रह की 'छतरी' कहानी में बखूबी देखा जा सकता है। एक दलित बच्चा जिसके पास जीवन की मामूली सुविधाएं भी न हों तो वह क्या सोचता है। यदि किसी तरह वे छोटी-छोटी खुशियां जुटा भी ली जाएं और अचानक उन खुशियों को उससे छीन लिया जाए, वह भी उस वक्त जब देशप्रेम पर जोरदार बातें हो रही हों, तो उस दलित बच्चे के लिए देशप्रेम के क्या अर्थ होंगे, यही इस कहानी में एक बिंब की तरह अभिव्यक्त हुआ है।

पंचायत राज को भारतीय संदर्भ में, चाहे वह राजनीति हो या साहित्य, हमेशा बढ़ा-चढ़ाकर ही दिखाया जाता रहा है। लेकिन यह जानने की कभी कोशिश नहीं की गई कि पंचायत राज दलितों को उनके मौलिक अधिकारों से वंचित करता रहा है। जातिवाद का सबसे घिनौना रूप इन पंचायतों में ही देखने को मिलता है। 'बंधुआ लोकतंत्र' कहानी में पंचायत राज के षड्यंत्रों को पाठकों तक पहुंचाने की कोशिश की गई है। ग्रामीण जीवन में वर्चस्ववादी शक्तियां किस तरह संवैधानिक अधिकारों का हनन करती हैं, यह सामने आता है। 'बंधुआ लोकतंत्र' कहानी में संवैधानिक अधिकार एक दलित के जीवन को विकसित करने के बजाय नारकीय बना देते हैं। यह भारतीय ग्रामीण जीवन-चरित्र के मूल्य हैं जिन्हें राजधानियों, महानगरों में बैठे नेता, प्रशासक और बुद्धिजीवी न देख पाते हैं, न समझ पाते हैं।

इस संग्रह में जो भी कहानियां शामिल की गई हैं, उनमें दलित अस्मिता का प्रश्न सामाजिक जीवन की गहन पड़ताल का प्रश्न बनता है। चाहे वह 'बैल की खाल' कहानी हो या 'शवयात्रा' या फिर 'छतरी' हो। 'बैल की खाल' में काले, भूरे की अदम्य जिजीविषा दलितों का स्थायी भाव है जिसे समाज, धर्म, संस्कृति अपनी संकीर्णता के साथ अनदेखा ही करते रहे हैं। उनकी मानवीय संवेदनाओं को जानने, समझने की कभी कोशिश भी नहीं हुई है। इन कहानियों में सामाजिक द्वेष, असमानता, दमन के विरुद्ध चेतना विकसित होती दिखाई देती है। यही

इन कहानियों का यथार्थबोध है, जो चेतना का विकास करता है।

कहानी मेरी सामाजिक संबद्धता है, जो मुझे विवश भी करती है, कहानी लिखने के लिए। मैं जीवन की बेहतरी के लिए लिखता हूं। इसलिए कि सामाजिक जीवन में जो विषमताएं मौजूद हैं, उन्हें सबसे निचली सीढ़ी पर खड़े कमजोर मनुष्य पर जबरन थोपा गया है। ये काम धर्म के नाम पर हुआ, ईश्वर और संस्कृति, विरासत के नाम पर हुआ है। उन सबने मिलकर मनुष्य की नैसर्गिक मनुष्यता को खत्म किया है, जो हर पल असहनीय होता जा रहा है। यह असहनीयता ही है, जो मेरे आत्म-संघर्ष के रूप में कहानी बनकर पाठकों के सामने आती है। अपने जीवन-अनुभवों और सरोकारों के साथ, जिसे भले ही कुछ लोग अनदेखा करते जाने को अभिशप्त हैं, लेकिन उस अदृश्य मनुष्य की उपस्थिति, जो हर पल आपके इर्द-गिर्द रहकर भी दर्ज नहीं हो पाती है, को दर्ज करने का एक दृढ़ विश्वास है। जिसे आप सुनें या न सुनें, देखें या न देखें, फिर भी इस अदृश्य मनुष्य की उपस्थिति दर्ज करना, मेरी प्राथमिकता है। जिसे इस संग्रह की कहानियों में आप देख पाएंगे, यह विश्वास है। जो उस अदृश्य मनुष्य की गहनतम पीड़ा की अनुगूंज भी है। जिसे खामोश चीख की तरह वे सुन सकते हैं, जिन्हें समाज से, उसके सरोकारों से थोड़ा भी वास्ता है। उन्हें इन कहानियों के पात्र अदृश्य नहीं, साक्षात् सामने खड़े दिखाई देंगे, यह मेरा दृढ़ विश्वास है।

**–ओमप्रकाश वाल्मीकि**

# क्रम

# बैल की खाल

सुबह से दोपहर हो गई थी, काले और भूरे का कहीं अता-पता नहीं था। चारों ओर उनकी खोज हो रही थी। गांव के बीचोबीच कुएं के पास पंडित बिरिज मोहन का बैल बीच रास्ते में मर गया था। तड़के मुंह-अंधेरे पंडित बिरिज मोहन का हाली हल और बैल लेकर खेत जोतने निकला ही था कि कुएं के पास से बैलों को उसने टिटकारी दी। कुएं के पास खड़ंजे पर फिसलन थी। बैल का पांव फिसला और गिर पड़ा। हाली ने बैल को खड़ा करने की बहुत कोशिश की। बैल बूढ़ा और कमजोर था। पसली में चोट लगी और मर गया।

पंडित बिरिज मोहन खबर मिलते ही दौड़ा आया था। खेतों की जुताई के वक्त बैल का मर जाना किसी हादसे से कम न था। पंडित पर जैसे गाज गिर पड़ी थी।

रास्ते में पड़े बैल को कुएं के पास से हटाना जरूरी था। काले और भूरे की तलाश शुरू हुई। वे दो ही तो थे पूरे गांव में जो मरे हुए बैल को खींचकर गांव से बाहर ले जा सकते थे।

जब तक बैल जीवित था तो कोई बात नहीं थी। कल तक अन्न उगाने वाला बैल मरते ही अपवित्र हो गया था, जिसे छूना तो दूर उसके पास खड़े होना भी किसी पाप से कम न था।

सूरज सिर के ऊपर पूरी ऊंचाई पर चढ़ चुका था। कुएं के पास पड़े बैल पर मक्खियां भिनभिनाने लगी थीं।

काले और भूरे पता नहीं कहां गए हुए थे। तीन-तीन बार पंडित बिरिज मोहन स्वयं उनके घर जा चुके थे। हर बार एक ही जवाब मिल रहा था-कहीं गए हैं। वे दोनों गांव भर के लिए अचानक महत्त्वपूर्ण हो गए थे।

जैसे-जैसे धूप चढ़ रही थी, कुएं के पास पड़ा मृत बैल गंधियाने लगा था। गांव भर में मायूसी भरा तनाव फैल गया था। हर कोई काले और भूरे को कोस

रहा था। गांव की कोई जगह नहीं थी जहां उन्हें ढूंढ़ा न गया हो। आखिर वे गए तो कहां गए?

उनकी महत्ता का अहसास गांव को हो गया था। गांव में किसी का भी मवेशी मरता, उसे उठाकर गांव से बाहर ले जाना उनकी ही जिम्मेदारी थी। इसके बदले उन्हें कोई पैसा या अनाज नहीं मिलता था। यह काम उनके पुरखे पिछली कई पीढ़ियों से निस्पृह भाव से करते चले आ रहे थे। मृत मवेशी की खाल उतारकर वे उसे शहर ले जाते थे। शहर में चमड़े की रंगाई, सफाई का काफी बड़ा कारोबार था जिसमें शहर के नामी-गिरामी व्यापारी लगे हुए थे। चमड़े के जो भी दाम मिलते, उससे ही उनकी जीविका चल रही थी।

गांव के बड़े-बूढ़े लोग बैल को लेकर कुछ ज्यादा ही चिंतित थे। अगर शाम तक बैल यहीं पड़ा रहा तो क्या होगा? सुबह से लोगों ने पीने का पानी तक नहीं लिया था कुएं से।

दोपहर का सूरज ढलने लगा था। परछाईं धीरे-धीरे लंबी होने लगी थी। बिरिज मोहन की आंखों में निराशा को तोड़ती हुई चमक दिखाई दी। सामने गली से काले और भूरे चले आ रहे थे। उनके चेहरे बुझे हुए और आंखें गड्ढों में धंसी हुई थीं। सख्त हाथों की हथेलियां चौड़ी और मांसविहीन थीं जिससे हाथों की नसें और अधिक उभरी हुई दिखाई पड़ती थीं। दोनों ने घुटनों तक मटमैली सफेद धोती का टुकड़ा लपेट रखा था। कमर से ऊपर कमीज की जगह पुराने किस्म की बंडीनुमा चीकट बनियान पहन रखी थी जिसमें जगह-जगह छेद हो गए थे। उनके पोर-पोर से विपन्नता झलक रही थी। वे सीधे आकर बैल के पास रुके। भूरे के हाथ में मोटे बांस की एक लंबी सी बाही थी।

"कहां मर गए थे भोसड़ी के...तड़के से ढूंढ़-ढूंढ़ के गोड्डे टूट गए हैं। और इब आ रहे हो महाराजा की तरियों...इस बैल को कौन उठावेगा...तुम्हारा बाप..." पंडित बिरिज मोहन उन पर बिफर पड़ा था।

बिना उत्तर दिए काले ने अपने कंधे पर रखी मोटी रस्सी उतारी और मृत बैल के आगे के दोनों पैरों को एक साथ मिलाकर बांधने लगा। बैल के पांव अकड़ गए थे। उन्हें एक साथ मिलाने में उसे काफी ताकत लगानी पड़ रही थी। पैरों को कसकर बांधने के बाद रस्सी का दूसरा छोर उसने भूरे की ओर उछाला। भूरे ने पिछले दोनों पैरों को एक साथ मिलाकर बांधा। इशारे से काले को बाही

उठाने के लिए कहा।

समूचा गांव खड़ा उनका करतब देख रहा था। देखते ही देखते उन्होंने बैल के बंधे पांवों में बाही फंसाई और पालकी की तरह उठाकर ढुलकी की चाल से चल पड़े।

गांव के लोगों ने राहत की सांस ली।

गांव के दक्षिण-पश्चिम छोर से होकर बहता नाला बरसात को छोड़कर पूरे साल सूखा ही पड़ा रहता था। इसी नाले में उन्होंने बैल को लाकर डाल दिया। वे दोनों काफी थक गए थे। दो घड़ी बैठकर सुस्ताने लगे। काले ने जेब से आखिरी बची बीड़ी निकाली जिसे दोनों साझे रूप से पीने लगे। उनके पीछे-पीछे गांव के चार-पांच कुत्ते भी आ गए थे जो बैल के आसपास मंडरा रहे थे। भूरे का पूरा ध्यान कुत्तों पर टिका था। कहीं कोई मुंह न मार दे। काले ने बैल के पैरों से रस्सी खोलकर अलग की।

भूरे का छुटकू छुरी-चाकू लेकर आ गया था। उसके हाथ से छुरी-चाकू लेते हुए भूरे ने कहा, "छुटकू तू घर जा...हम यहां से सीधे सहर (शहर) जाएंगे। आणे में देर हो जागी...सौदा-सुलफ बी वहीं से लेत्ते आवेंगे।"

काले ने भूरे के हाथ से छुरी लेकर उसकी धार पर उंगली फिराई। धार कुछ कम थी। नाले में पड़े एक पत्थर पर छुरी को घिसकर धार तेज करने लगा।

भूरे ने बैल के मुंह से शुरू करके पेट और पीठ तक एक लंबा चीरा लगाया। वे खाल उतारने में सिद्धहस्त थे। कैसा भी जानवर हो, उसे केले की तरह छील देते थे। खाल इस खूबी से उतारते थे कि उसमें कहीं भी जरा सा नुक्स नहीं आ पाता था। यदि खाल जरा भी कहीं से कट-फट जाए तो उसके दाम कम हो जाते थे। ये कला उन्होंने अपने बाप से सीखी थी।

दोनों काम में जुट गए थे। धूप की तपिश कम न हुई थी। पोर-पोर पसीने से भीग गया था। खाल अभी आधी भी नहीं उतरी थी कि आकाश से गिद्धों के झुंड उतरने लगे। देखते ही देखते झुंड के झुंड गिद्ध घेरा डालकर मंडराने लगे। वे कभी कुत्तों को खदेड़ते तो कभी गिद्धों को दूर हटाते, तो दूसरी ओर से एक साथ कई गिद्ध बैल पर टूट पड़ते। कुत्ते अलग से अवसर की ताक में बैठे थे। गिद्धों को भगाने में कुत्ते भी उनका साथ दे रहे थे। कोई कुत्ता गिद्ध पर झपटता तो गिद्ध पंजों पर दौड़ते हुए अजीब-सी आवाज में चिल्लाता।

खाल उतारते-उतारते काफी समय हो गया था। सांझ होने में अभी देर थी। ताजा उतरी खाल को लेकर वे बैल से थोड़ा दूर हट गए। उनके हटते ही गिद्ध बैल पर टूट पड़े। गिद्धों के गले की आवाज भयानक वातावरण बना रही थी। आकाश से गिद्धों का उतरना अभी जारी था।

उन्होंने गीली खाल को उलटकर नाले में मिट्टी पर फैला दिया ताकि उस पर लगा खून सूख जाए।

वे काफी थक चुके थे। उनके पास बीड़ी भी नहीं थी जिसे पी सकें। आजकल उनका हाथ काफी तंग रहने लगा था। खाल को लपेटकर उन्होंने एक फटी-पुरानी चादर में गठरी की शक्ल में बांध लिया। काले ने गठरी उठाकर भूरे के सिर पर रख दी। बड़ी सड़क की ओर चल दिए। नाला जहां सड़क को काटता था, वहां एक बड़ी सी पुलिया थी। वे नाले से होते हुए पुलिया तक आ गए थे। भूरे के सिर पर रखी गठरी से खाल का गीलापन रिस रहा था।

भूरे ने गठरी पुलिया की दीवार पर रख दी। दोनों बैठकर शहर जाने के लिए किसी सवारी का इंतजार करने लगे। बस में खाल लेकर कोई चढ़ने नहीं देता था। बस की सवारियां नाक-मुंह पर कपड़ा रखकर चिल्लाने लगती थीं। खाली ट्रक या तांगा ही उन्हें शहर ले जाता था।

धीरे-धीरे सांझ होने लगी थी। दूर से आता हुआ एक ट्रक दिखाई पड़ा। वे पुलिया से उतरकर सड़क पर आ गए। ट्रक काफी तेज गति से आ रहा था। उन्होंने ट्रक को रुकने का इशारा किया। ट्रक ढेर-सा धुआं उगलता हुआ आगे बढ़ गया। भूरे ने दोनों हाथों से धुएं को मुंह के पास से हटाते हुए एक भद्दी गाली दी जो ट्रक के शोर में घुटकर रह गई।

वे फिर पुलिया पर बैठ गए। दूर से आती गायों के गले की घंटियों की आवाज पास आने लगी थी। गायें गांव की ओर लौट रही थीं। लल्लू गड़रिए का यह गोधन सबसे बड़ा था। गांव के लोग लल्लू के गोधन में अपने ढोर-डंगर भेजकर निश्चिंत हो जाते थे। सड़क पार कराने में लल्लू खास खयाल रखता था। सड़क पर यातायात कुछ ज्यादा ही बढ़ गया था। हर वक्त दुर्घटना होने का डर बना रहता था।

गायों के गले की घंटियां और उड़ती धूल सांझ के धुंधलके को गहराने लगी थीं। पुलिया पर बैठे काले और भूरे की चिंताएं भी सांझ की तरह गहरी

हो रही थीं। वे जल्दी शहर पहुंचना चाहते थे जिससे खाल बेचकर घर के लिए सौदा-सुलफ ला सकें। कई दिन हो गए थे, ठीक से चूल्हा भी नहीं जला था। जैसे-तैसे जिनगी घिसट रही थी। दो महीने बाद आज यह बूढ़ा बैल मरा था जिसने उनकी डूबती आशाओं को पल भर के लिए बचा लिया था।

काले ने गोधन को जाते देखकर भूरे से कहा, "क्या टेम आ गिया है। इब तो ढोर-डंगर बी ना मरते..."

"जिबते यो जिनावरों का डाक्टर गांव में आया है...म्हारे तो पेट पर ही लात मार दी है सोहरे ने।"

गांव में जानवरों का डॉक्टर आ जाने से इनका धंधा ही चौपट होने लगा था। घर में फाकों की नौबत आने लगी थी। गांव का बनिया तो वैसे भी उन्हें उधारी नहीं देता था। अनाज के दाने मांगें भी तो किससे? गांव भर की नजर में ये सबसे निकम्मे जीव थे, मरे जानवर की खाल खींचने वाले।

पुलिया पर बैठे-बैठे वे अपने-अपने खयालों में खो गए थे। काले की समझ में बहुत सी बातें नहीं आती थीं। वह जितना सोचने की कोशिश करता, बातें उतनी ही उलझ जातीं।

"भूरे हमें यो काम छोड़ देणा चाहिए।"

"क्यूं...जो हमने इस काम कू छोड़ दिया तो करेगा कौण? क्या मरे हुए ढोर-डंगर गांव में ही पड़े सड़ते रहेंगे..."

"सड़ने दे...इस सड़ांध में हम गले-गले तक डूब जाते हैं। किसे परवाह है...कोई अपने धोरे (पास) बी ना बैठावे है।"

कुछ देर रुककर काले फिर बोला, "और वो सहर का लाला...सौ बातें सुणावे है। पिछली बार जब वह भैंस की खाल लेके गए थे तो क्या कह रहा था-'यह पुड़िया ले जाओ। जिस जानवर को खिलाओगे टें बोल जाएगा। वह सरकारी डॉक्टर भी कुछ नहीं कर पाएगा।' पूरा राक्छस है राक्छस वह लाला।"

दो-तीन ट्रक बिना रुके निकल गए थे। जैसे-जैसे सांझ हो रही थी, उनकी परेशानी बढ़ रही थी। शहर जाकर वापस भी लौटना था। काले कुछ ज़्यादा ही उखड़ा हुआ था। लंबी सड़क पर निगाह जमाते हुए बोला, "भूरे, चल कहीं चलते हैं...सुना है दिल्ली, गाजियाबाद में बड़े-बड़े कारखाने हैं। वहां कोई न कोई काम तो मिल ही जाएगा...मामचंद का सलेक देख्यानी पिछली बार जिब आया था...यहां था तो नंग-धड़ंग घूमा करे था...और इब...इब तो कमीज-पतलून पहनने लगा है...अंग्रेजी कट के बाल रखता है...हाथ में घड़ी बांधता है...क्या कहवे था

उस घड़ी को हैमटी ओटमट (एच.एम.टी. ऑटोमैटिक)...अपने आप चलती है दिन-रात...आवाज बी ना करे है।"

काले की बात भूरे को ऐसी सुनाई पड़ रही थी जैसे वह कई कोस दूर खड़ा उसे आवाज दे रहा हो। उसके खयालों में तो गांव के वे बच्चे घूम रहे थे जो बस्ता लिए किलकारियां मारते स्कूल जा रहे होते हैं। न जाने कितनी बार स्कूल के पास खड़े होकर उसने छोटे-छोटे बच्चों को पहाड़े रटते देखा था। जब वे एक सुर में बोलते थे तो उसे बहुत अच्छा लगता था। वह सोचता था किसी रोज उसका छुटकू भी इसी तरह बच्चों के बीच खड़ा होकर पहाड़े रटेगा। उसने स्कूल के मास्टर से भी बात कर ली थी। बस दो पैसे हाथ में आ जाएं तो छुटकू को इस साल स्कूल भेजना ही है। उसके पास तो स्कूल जाने लायक कपड़े भी नहीं हैं।

उन्हें पुलिया पर बैठे काफी समय हो गया था। शहर जाने वाली कोई सवारी अभी तक नहीं मिली थी। वे जिस गाड़ी को भी रुकने का इशारा करते, वह तेजी से निकल जाती थी। जैसे-जैसे अंधेरा बढ़ रहा था, उनकी ऊब भी बढ़ रही थी। इतने दिन बाद आज एक बैल मरा था। यदि वे समय पर शहर न पहुंचे तो खाल सड़ भी सकती है। जो दो पैसे हाथ में आने वाले हैं वे भी न निकल जाएं। उनकी परेशानी अंधेरे से ज्यादा गहरी हो रही थी।

दूर खेतों के बीच कच्चे रास्ते पर एक बछड़ी के रंभाने की आवाज उन्हें सुनाई दी। शायद लल्लू के गोधन से बछड़ी पीछे छूट गई थी। चौकन्नी मुद्रा में बछड़ी दौड़ी चली आ रही थी। वह उसी रफ्तार से बिना रुके पक्की सड़क पर आ गई थी। पलक झपकते ही तेज गति से आते ट्रक की चपेट में आकर बछड़ी गिर पड़ी...अचानक ब्रेक लगने से ट्रक भी लड़खड़ा गया था। ट्रक गिरते-गिरते बचा। एक तेज आवाज से वे दोनों भी एकबारगी चीख उठे।

कुछ आगे जाकर ट्रक रुक गया था। ड्राइवर को गालियां देता हुआ भूरे ट्रक की ओर दौड़ा। ड्राइवर ने खतरा भांप लिया और एक्सीलेटर दबाकर ट्रक की गति बढ़ा दी। भूरे ने गुस्से में ढेर-सी गालियां ट्रक ड्राइवर को दे डाली। सड़क के किनारे पड़ा ढेला उठाकर फुर्ती से ट्रक पर दे मारा...ट्रक आगे निकल चुका था। ढेला पक्की सड़क पर गिरकर टुकड़ों में बिखर गया था।

बछड़ी सड़क के किनारे पड़ी तड़प रही थी। उसका सिर एक ओर लुढ़क गया था। काले ने बछड़ी की पीठ पर हाथ फेरा। उसकी चिकनी नर्म पीठ पर हाथ फेरते हुए काले को लगा जैसे बछड़ी नहीं कोई छोटा बच्चा है, जो दर्द से

तड़प रहा है। काले ने भूरे की ओर देखा। भूरे अभी भी दूर खड़ा गालियां बक रहा था।

काले ने भूरे को आवाज दी, "भूरे! कहीं थोड़ा पानी हो तो लेकर आ... जल्दी कर...देख कैसे तड़प रही है!"

भूरे पानी की तलाश में इधर-उधर दौड़ने लगा। नाले में वह दूर तक चला गया। बैल की बची-खुची हड्डियों पर दो-तीन कुत्ते अभी तक लिपटे हुए थे। उसे पास आता देखकर वे गुर्राने लगे। वह उनसे बचकर नाले से खेत में चढ़ गया। खेत भी सूखे पड़े थे। दूर-दूर तक पानी का नामोनिशान नहीं था।

बछड़ी को दर्द से तड़पता देखकर काले की समझ में कुछ नहीं आ रहा था, क्या करे। अचानक उसके दिमाग में डॉक्टर का खयाल आया। उसने भूरे को पुकारा, "भूरे जल्दी आ...डॉक्टर को लेके आना है, बछड़ी को बहुत चोट लगी है..."

भूरे खाली हाथ लौट आया। वह पसीना-पसीना हो गया था। भाग-दौड़ में उसकी सांस फूल गई थी। हांफते हुए बोला, "पाणी तो कहीं भी ना है।"

काले बछड़ी की पीठ सहला रहा था। जैसे उसे हौसला बंधा रहा हो। बछड़ी के मुंह से खून रिसकर मिट्टी में बहने लगा था। अंधेरे में बछड़ी का खून गहरे रंग का दिखाई दे रहा था। "काले,...इब डाक्टर आके क्या करेगा...देख, लहू कितना बह गया है..."

"भूरे, तू ज्यादा अकलमंदी न दिखा...तू यहां ठहर...मैं जाता हूं डाक्टर को लाने।" काले की आवाज में उत्तेजना थी।

काले गांव की ओर जाने के लिए उठा। गांव वहां से करीब एक कोस दूर था। अंधेरा बढ़ते-बढ़ते काली घनी चादर में बदल गया था। गांव की इक्का-दुक्का बत्ती टिमटिमा रही थी। काले ने जल्दी-जल्दी कदम बढ़ाए। अभी दस-पंद्रह कदम दूर भी नहीं गया था, भूरे की आवाज आई, "काले जल्दी आ..."

काले उलटे पांव लौटा।

"क्या हुआ?" काले ने आते ही कहा।

"देख लो...यह तो हिल भी नहीं रही है।" भूरे ने सहमते हुए कहा।

बछड़ी का बदन ऐंठकर शांत हो गया था। कहीं कोई हलचल नहीं थी। वे दोनों चुपचाप एक-दूसरे की ओर देखते रहे। उनके बीच खामोशी छा गई थी।

चुप्पी तोड़ी काले ने। वह उठकर खड़ा हो गया।

"भूरे, तू यहीं ठहर, मैं गांव में खबर करके आता हूं।" उसकी आवाज में हताशा थी।

अचानक बछड़ी का इस तरह मर जाना उन्हें दुखी कर गया था।

पुलिया पर रखी बैल की खाल पर काले ने एक नजर डाली। चादर में बंधी बैल की खाल गंधियाने लगी थी। उसने एक लंबी सांस ली और गांव की ओर चल पड़ा। बछड़ी के मरने की खबर देने।

# अम्मा

यह कहानी अम्मा की है–आप कह सकते हैं, लेकिन किसी एक अम्मा की नहीं, न जाने कितनी अम्मा सुबह-सवेरे हाथ में झाड़ू-कनस्तर थामे हुए गली-मुहल्लों में मिल जाएंगी जिनका जर्जर शरीर वक्त के थपेड़े खाकर पुराने दरख्त की तरह समय के साथ गलने लगा है। उनका हर एक पल, एक अनजाने, अदृश्य भविष्य की ओर जा रहा है, जिसके बारे में तमाम भविष्यवाणियां, बौद्धिक कलाबाजियां और संकल्पनाएं बिखर जाती हैं या झूठी साबित होती हैं।

मैं जिस अम्मा की बात कर रहा हूं–उसका नाम क्या है, मैं नहीं जानता। शायद वह स्वयं भी अभी तक अपना नाम भूल चुकी होगी, क्योंकि जब वह मायके से ससुराल आई थी तो सास-ससुर ने उसे 'बहू' कहकर पुकारा, देवर और ननद ने भाभी या भावज, पास-पड़ोस की बड़ी-बूढ़ियों ने उसके खसम के नाम पर 'सुकड़ू की बहू' नामकरण अनजाने में ही कर दिया था। शुरू के दिनों में सुकड़ू उसका नाम नहीं लेता था। नाम तो वह अब भी नहीं लेता। उन दिनों नाम लेने की जरूरत ही नहीं पड़ती थी। दिन भर तो वह मां-बहन के साए में घिरी रहती थी। देर रात सुकड़ू चुपके-चुपके उसकी चारपाई पर पहुंचता था, वह भी चोर की तरह दबे पांव! कुछ ही देर के लिए। उसमें भी डर लगा रहता था, कहीं बहन या मां जाग न जाए। एक छोटे से आंगन में टिन की छत और लकड़ी के फट्टों को जोड़कर रहने भर की जगह थी।

इस थोड़े से वक्त में बात करने की फुरसत ही कहां होती थी। उन दिनों आज की यह अम्मा तो वह थी नहीं, जो अब घिसट-घिसटकर धीमे कदमों से चलती है जिसकी गंदी साड़ी सामने से पेट के पास ठूंसी रहती है। सण जैसे रूखे बाल, झुर्रियों से भरा चेहरा, मिचमिची आंखों वाली अम्मा, वक्त की मार ने जिसकी एक आंख को छोटा कर दिया है। और जिसके सामने के दांत टूटे हुए हैं। जो एक-आध बचा है, वह भी भड़भूंजे की कड़ाही में उछलते मकई

के दानों की तरह हिलता है।

उस समय की बात ही कुछ और थी। लंबे घने बाल, चंचल गहरी काली आंखें, सांवला-सलोना रूप। भरा-पूरा शरीर जिसकी मोहक गंध ने सुकड़ू को सम्मोहित कर लिया था। उन थोड़े से पलों को पाने के लिए वह दिन भर कुलांचे मारता था। आज भी उसकी स्मृति में वे थोड़े से दिन ही सबसे अच्छे दिन हैं, भले ही थोड़ी देर का साथ होता था, फिर भी भरपूर जिए गए क्षण थे वे।

जब पहला बेटा हुआ तो उसका नाम बड़े जतन से शिवचरण रखा गया था। सुकड़ू को भी अब जरूरत महसूस होने लगी थी, दुल्हन को किसी नाम से पुकारने की, और उसने एक दिन उसे 'शिबु की अम्मा' कहकर पुकार लिया था। 'शिबु की अम्मा' जो अब सिर्फ अम्मा भर रह गई है। सुकड़ू तो अभी भी 'शिबु की अम्मा' ही कहकर बुलाता है।

नाती-पोतों से भरा-पूरा परिवार है अम्मा का। उम्र के सातवें दशक में पहुंचकर शरीर साथ छोड़ने लगा है। अकसर बीमार रहने लगी है। जोड़ों के दर्द से परेशान है। फिर भी दस-पंद्रह घरों का काम निबटाकर ही घर लौटती है।

सफेद कपड़े अम्मा की कमजोरी थे। आज भी जब झाड़ू और टूटा-फूटा बदरंग कनस्तर लेकर अम्मा काम पर निकलती है तो सफेद साड़ी ही उसके तन पर लिपटी रहती है। यह समय की मार है कि अब ये सफेद साड़ी, सफेद होने का अहसास भर है। सफेद रंग न जाने वक्त के साथ कब पीले-मटमैले रंगों में बदल गया, वह समझ भी नहीं पाई। समझ तो वह यह भी नहीं पाई थी कि समय इतनी तेजी से कैसे बदल गया। गांव-देहात की लड़की शहर में आकर चौकन्नी हिरनी की तरह हर चीज को अचरज से देखती थी उन दिनों।

आज सास-ससुर दोनों का देहांत हुए कई बरस हो चुके हैं। लेकिन उसे अच्छी तरह याद है, जब पहली बार सासु 'ठिकानों' में 'सलाम' की रस्म पूरी करने ले गई थी तो उसने कभी सोचा भी नहीं था कि एक दिन वह भी सास की तरह झाड़ू और कनस्तर हाथ में लेकर दरवाजे-दरवाजे घूमेगी।

सास ने बाकायदा ट्रेनिंग दी थी उसे। कैसे दरवाजे पर पहुंचकर आवाज देना है। कैसे टट्टी में घुसना है, कैसे पानी डालना है। फिर झाड़ू के कितने हाथ दाएं, कितने बाएं चलाने हैं। किस घर में किसे, कैसे और कितनी बात करनी है। घर-आंगन में कितनी दूर तक जाना है। आंगन में पड़ी चीज को नहीं छूना है। कोई चाय-पानी दे तो कप या गिलास वापस कहां रखना है। हरेक ठिकाने में आंगन के किसी कोने, आले या छोटे-मोटे पेड़ की किसी टहनी पर एक-आध

कप या गिलास सास ने संभालकर रखे थे, जो वक्त-जरूरत पर काम आते थे।

और भी न जाने कितनी बातें सास ने उसे समझाई थी। वह अचरज से सास की कही बातें सुनती थी। गांव के तौर-तरीके अलग थे। गांव में तो हाजत-फरागत के लिए औरत-मर्द सब गांव से बाहर ही जाते थे। वैसे भी गांव में ज्यादातर काम खेत-खलिहान के ही होते थे। यह काम उसके लिए एकदम नया था। टट्टियों के दरवाजे खोलते ही उसका सिर भन्ना जाता था। दुर्गंध से। अंग्रेजों की देखा-देखी हिंदुस्तानियों ने भी घरों में पाखाने बना लिए थे। उसे यह सब अजीब लगता था।

शुरू-शुरू में सास उसे साथ लेकर ठिकानों में जाती थी। काम वह करती थी, सास पास खड़ी होकर हिदायतें देती थी। समय पंख लगाकर उड़ने लगा था। सास उसके काम से खुश थी। हर तरह से उसका खयाल रखती थी। हर समय साए की तरह उसके साथ रहती थी।

एक दिन अचानक सास की तबीयत बिगड़ गई। सास ने ऐसा बिस्तर पकड़ा कि फिर उठ नहीं पाई। घर-बाहर के काम की सारी जिम्मेदारी शिबु की अम्मा के ऊपर आन पड़ी थी।

शिवचरण के बाद बिसन और उसके बाद किरण। तीन बच्चों की मां अब शिबु की अम्मा से 'अम्मा' बन गई थी। ननद ससुराल जा चुकी थी। घर में रह गए थे कुल दस प्राणी। सास-ससुर, देवर-देवरानी और उनकी एक लड़की। सुकड़ू और तीन बच्चे। ससुर दिन भर घर में पड़ा खांसता रहता था। देवर कहने को तो एक बैंड पार्टी में बाजा बजाता था लेकिन शादी-ब्याह के दिनों को छोड़कर बाकी समय खाली ही रहता था। इधर-उधर घूमकर सारा दिन गुजार देता था। सुकड़ू नगरपालिका में सफाई कर्मचारी था। मामूली तनख्वाह थी। पूरे परिवार का भार सुकड़ू के कंधों पर था। ऊपर से सरदार प्रीतम सिंह का कर्जा जिसका सूद हर महीने चुकाना पड़ता था।

सास ने जो ट्रेनिंग उसे दी थी, उसके सहारे डूबते परिवार को भरोसा मिला था। दस की जगह पंद्रह ठिकानों का काम पकड़ लिया था अम्मा ने। पांच उसने बिरमदेई से खरीदे थे किस्तों पर, हर महीने थोड़े-थोड़े पैसे देने का वादा कर लिया था उसने।

अम्मा के पास सबसे ज्यादा आमदनी का ठिकाना था चोपड़ा का। चोपड़ा की बड़े बाजार में कपड़े की दुकान थी। अच्छी-खासी आमदनी थी। चोपड़ा सुबह घर से निकलता तो रात दस बजे ही घर लौटता था। बच्चे भी सुबह स्कूल

चले जाते थे। मिसेज चोपड़ा दिन भर घर में अकेले रहती थी।

अम्मा अकसर मिसेज चोपड़ा के घर में एक आदमी को देखती थी। शुरू-शुरू में वह यही समझती रही कि घर-परिवार का ही कोई होगा। लेकिन भेद जल्दी ही खुल गया। एक दिन दोनों को जिस स्थिति में देखा, अम्मा का दिल धक से रह गया। मिसेज चोपड़ा उसे भली और अच्छी लगती थी। उस दिन जो कुछ देखा, उसके बाद से उसके प्रति अम्मा के मन में एक अजीब-सी नफरत पनपने लगी।

मिसेज चोपड़ा ने उसकी तनख्वाह में पांच रुपए बढ़ा दिए उस रोज के बाद। बाकी ठिकानों से उसे सिर्फ पांच-पांच रुपए ही मिलते थे। मिसेज चोपड़ा दस रुपए देने लगी थी। वैसे मिसेज चोपड़ा भी खुशमिजाज, खूब बातें करती थी। दुनिया-जहान की बातें। अम्मा मुंह बाए सुनती थी। जिस रोज मिसेज चोपड़ा अकेली होती थी, अम्मा को चाय पीने के लिए रोक लेती थी। आंगन में खड़े अमरूद के पेड़ पर अम्मा का एक कप रखा रहता था। चाय पीते-पीते अम्मा सोचती थी कि चोपड़ा बहन जी इतनी अच्छी हैं फिर भी एक पराए मर्द के साथ ...छिः,...छिः...कहते हुए भी शर्म आती है।

एक रोज जब अम्मा उसके घर पहुंची तो मिसेज चोपड़ा बाथरूम में थी। वह आदमी बेडरूम में बैठा हुआ था। अम्मा ने आवाज देकर कहा, भैण जी, पाणी डाल दो...सफाई हो गई है।

मिसेज चोपड़ा ने बाथरूम से ही आवाज देकर कहा, "विनोद, प्लीज एक बाल्टी पानी जमादारनी को दे दो...मैं सिर धो रही हूं...देर लगेगी बाथरूम से निकलने में। बाल्टी नल के नीचे लगी है।"

वह उठा और पानी की बाल्टी अम्मा के सामने ले जाकर रख दी। मुस्कुराकर अम्मा को देखा। अम्मा ने पानी डालने के लिए हाथ का इशारा किया। विनोद ने टट्टी में पानी डालने की बजाय अम्मा की कमर में हाथ डालकर झटके से उसे अपनी ओर खींचा। अम्मा इस हरकत से हड़बड़ा गई। चीखकर बोली, "क्या करते हो यह?...छोड़ो..." छूटने के लिए कसमसाने लगी।

विनोद ने दबाव बढ़ा दिया। कसकर अपने सीने से भींच लिया। अम्मा को लगा जैसे किसी आदमखोर ने उसे दबोच लिया है। वह बंधन ढीला करने के लिए जोर लगा रही थी। जैसे ही पकड़ कुछ कम हुई, झटका देकर उसने खुद को मुक्त कर लिया। हाथ में थमी झाड़ू की मूठ पर हथेली कस गई। पूरी ताकत से झाड़ू का वार सीधा उसकी कनपटी पर किया। चोट लगते ही वह लड़खड़ा

गया और बेडरूम की तरफ भागा। अम्मा लगातार उसे पीटते हुए बेडरूम में घुस गई। वह नीचे फर्श पर गिर पड़ा था। अम्मा की झाड़ू सड़ाक-सड़ाक उस पर पड़ रही थी। मुंह से गालियां फूट रही थीं।

चीख-पुकार सुनकर मिसेज चोपड़ा अर्द्धनग्न कपड़ों में बाथरूम से बाहर आ गई। बेडरूम का दृश्य देखकर भौचक रह गई; विनोद को बचाने के लिए दौड़ी।

"रुको...यह क्या कर रही हो?...रुको...मत मारो उसे..." मिसेज चोपड़ा ने उसके हाथ से झाड़ू छीनने की कोशिश की। अम्मा ने उसे भी धक्का देकर पीछे धकेल दिया। दो-तीन वार और किए। रुककर बोली, "भैण जी, इस हरामी के पिल्ले से कह देणा...हर एक औरत छिनाल ना होवे है।" अम्मा की आंखों में लाल सुर्ख डोरे अंगारों की तरह दहक रहे थे। गुस्से से शरीर कांप रहा था। अम्मा का सांवला रंग और गहरा हो गया था।

विनोद की वहशीयत ठंडी पड़ चुकी थी। झाड़ू की मूठ का एक तगड़ा हाथ उसकी आंख पर पड़ा था। आंख के आसपास नीले रंग का बड़ा सा गूमड़ उभर आया था जिसे हथेली से दबाए वह फर्श पर औंधा पड़ा था।

अम्मा ने कनस्तर उठाया और दनदनाते हुए बाहर निकल गई।

अगले दिन उसने चोपड़ा का ठिकाना सस्ते दामों में हरदेई को बेच दिया। साथ में पूरी घटना भी उसने हरदेई को विस्तार से सुना दी।

हरदेई बदजबान औरत थी। गालियां तो उसके मुंह से धाराप्रवाह फूटती थीं। गाली के बगैर उसका कोई वाक्य ही नहीं बनता था। पूरा किस्सा सुनकर अम्मा से बोली, "तू तो मूरख है नासपिट्टी, अपनी मां के यार कू टट्टी में घसीट लेती। पहले उतरवाती उसके कपड़े कि आ तुझे करवा दूं मसूरी की सैर। फेर करवात्ती उससे थिगनी का नाच। झाड़ू से पीट-पीटकर साले कुत्ते कू सड़क पे लियात्ती। जुलूस लिकड़ (निकल) जात्ता चोद्दे (गाली) का, जिब गणपति को हिलाता सड़क पे दौड़ता। भूल जाता सारा इशक...और वह चोपड़ी...ऐसी लुगाइयों का इलाज मैं जाणूं हूं...ये ले थाम लोट (नोट)...इब कल से चोपड़ी मेरी।...साली ...दो-दो बच्चों की मां होके इशक करे है...!"

अम्मा ने बीस रुपए में चोपड़ा का टिकाना बेचकर राहत की सांस ली।

चोपड़ी को बीस रुपए में बेच देने की खबर जब अम्मा की सास को मिली तो घर में कुहराम मच गया। सास ने चीख-चीखकर पूरा मोहल्ला सिर पर उठा लिया, "अरी नासपिट्टी, करमजली, मेरे मरने के बाद ही मनचाही कर लेत्ती।

इस चोपड़ी के बोत (बहुत) एहसान हैं म्हारे ऊप्पर। बखत-कुबखत जिब बी जरूरत पड़े थी; मदत करी है उन्ने। इबते नहीं बरसों से मैं वहां जात्ती थी...वो खानदानी लोग हैं। म्हारे जैसे तो उनकी जेब में पड़े हैं। और तू...लाटसाहबनी ...इतनी बड़ी हो गई कि उसे ही बेच के आ गई। वह बी उस हरामजादी हरदेई कू। मैं अच्छी तरियो पिछाणूं...उसे...उन्ने ही कोई पट्टी पढ़ाई होगी तैन्ने। वह तो बोत दिनों से उस ठिकाने कू कबजाणे की फिराक में थी। अरी, एक बार मन्ने तो पूछ लिया होत्ता..." सास ने रो-रोकर जी हलकान कर लिया था। अम्मा चुप्पी साधे सास का रोना-कलपना सुनती रही। लेकिन चोपड़ी के घर हुए हादसे की कोई चर्चा न की।

मदद तो मिसेज चोपड़ा उसकी भी करती थी। जब तक मामला मिसेज चोपड़ा तक सीमित था, अम्मा ने कभी कुछ नहीं कहा था, न किसी के सामने उसकी चर्चा ही की थी। लेकिन जब उस कमीने ने अम्मा पर ही हाथ डाल दिया तो वह बर्दाश्त नहीं कर सकी।

दो-चार दिन रो-धोकर सास तो चुप हो गई। लेकिन एक दिन सुकड़ू ने चर्चा छेड़ दी। उस रोज नगरपालिका में तनख्वाह बढ़ी थी। सुकड़ू बहुत दिन बाद देसी दारू का पव्वा चढ़ाकर आया था। तनख्वाह अम्मा के हाथ पर रखते हुए बोला, "ये ले रुपए...पर एक बात कान खोल के सुण ले...शिबु की अम्मा...तूने यो अच्छा नी करा जो मां का जी दुखाया...ये ठिकाने मां ने कितने जोड़-तोड़ करके घेरे थे। घर का सारा टीम टब्बर इन्हीं ते चला करे था। बापू तो कुछ करे ना था। मां ने बहुत बुरा टेम निभाया इन ठिकानों के भरोसे। रोट्टी-पाणी, कपड़ा-लत्ता सब कुछ आवे था। बाहण (बहन) का जिब ब्याह हुआ था तो इस चोपड़ी ने ही अपणी दुकान से कपड़ा दिलवाया था, वो भी उधार...और उस चोपड़ी को तू बेच के आ गई। तूने अच्छा नी किया शिबु की अम्मा...जा मां से माफी मांग ले और बीस रुपए दे के हरदेई से चोपड़ी को वापस ले। इब आखिरी दिनों में मां को क्यूं दुःख देवे हैं। चोपड़ी जैसी बीरबानी (स्त्री) ढूंढ़े पे भी ना मिलेगी। जितनी सूरत से खूबसूरत हैगी उतनी ही सीरत से भली।" शिबु की अम्मा को चुप देखकर सुकड़ू ने जोर देकर कहा, "तू चुपचाप घोघोमाई बणके बैट्ठी है...मेरी बात सुण रही है?"

अम्मा खामोशी से सुकड़ू का वार्तालाप सुन रही थी, उसके मन में अजीब-सा शोर उठ रह था जिसे वह अनसुना नहीं कर पा रही थी। वह नहीं चाहती थी, उस हादसे के कारण घर में क्लेश हो।

अनेक बार उसने अपने भीतर उठते शोर को सुना लेकिन हमेशा खामोश रही। अब तो भीतर न जाने कितने जख्म भर गए थे। पुरानी यादों को जब अम्मा कुरेदने बैठती है तो उसका रोम-रोम कांप उठता है। अपनी यादों की तरह ही उसने मन की तमाम इच्छाओं को भी मायके से साथ आए मटमैले टिन के ट्रंक में बंद कर दिया था। बस बच्चों की परवरिश में लगी रही, बिना किसी शिकवे-शिकायत के।

शिवचरण को उसने मोहल्ले के स्कूल में ही डाल दिया था। उसके एक साल बाद बिसन को और फिर किरण को स्कूल भेजने लगी थी। बनिए-बाभनों की नकल पर उसने बेटी का नाम किरणलता रखा था। घर में सभी उसे किरण कहते थे, लेकिन अम्मा हमेशा किरणलता कहकर बुलाती थी।

जैसे-जैसे बच्चे बड़े हो रहे थे उनके खर्चे भी बढ़ रहे थे। घर तो वैसे ही खींचतान कर चलता था। ऊपर से उनकी किताबों, कॉपियों का और खर्च बढ़ गया था। शिवचरण हर दूसरे-तीसरे दिन कोई न कोई फरमाइश ले आता था। बिसन अपने चाचा पर गया था। वैसा ही नैन-नक्श, वैसी ही आदतें। दिन भर फिल्मी गाने और शीशे के सामने खड़े होकर बनना-संवरना, कभी ढोलक लेकर बैठ जाना, कभी हारमोनियम। अम्मा जब भी उसे गाना गाते या हारमोनियम बजाते देखती तो उसका खून खौल उठता।

"मैं कितनी दफे तैन्ने समझा-समझा के हार गई...तैन्ने नचणिया नहीं बनाना है। अपने चाच्चा की तरियो सड़कों पे बैंड बाज्जे वालों की गैल पें-पें करता घूमेगा। उसकी हालत देक्खी है...फेफड़ों में जान ना है उसके। सांस धौंकनी की तरियो चले है...और तू उसकी लैन पे चल रहा है...पढ़-लिख के आदमी बणजा ...किसी दफ्तर में किलारक (क्लर्क) नहीं तो चपरासी ही लग जाएगा। इस गंदगी से तो छूट जाएगा। जहां न दो टेम की रोट्टी ढंग से मिले है, न इज्जत। गले-गले तक कर्जे में डूबे हैं। तेरे बाप कू तनख्वाह बाद में मिले, सरदार प्रीतम सिंह आके पहले खड़ा हो जावे। घर-बाहर कहीं भी दो घड़ी का चैन ना है। रोज-रोज की किटकिट...बस यों ही जिंदगानी है कि कोई धोरे भी न बैठावे। जैसे छूत की बीमारी लग जावेगी।"

अम्मा का गला भर्रा आया था। शिवचरण किताबों का बस्ता खोल के बैठ गया था। किरणलता अम्मा के लिए चाय बनाने लगी थी। बिसन ने इधर-उधर देखा। कहीं कोई सहारा न था जो अम्मा के गुस्से से बचा सके। चुपचाप जाकर पढ़ने बैठ गया।

किरणलता को अम्मा ने कभी नहीं डांटा। हमेशा कहती थी, "पराए घर जाएगी। पता नहीं कितने दिन का साथ है। इसे क्या डांटना। दो अच्छर सीख लेगी तो कम से कम अपने सुख-दु:ख की खबर तो दे दिया करेगी। चिट्ठी के दो हरुफ लिखवाणे के लिए भी दूसरों का मुंह ताकना पड़े है और बेट्टी तो वैसे भी लछमी होवे।"

अम्मा ने बच्चों को हमेशा झाड़ू के काम से दूर रखा। यहां तक कि हारी-बीमारी में भी बच्चों को ठिकानों में नहीं भेजा। यह अम्मा की जिद थी। सास-ससुर या जात-बिरादरी के लोग टोकते तो कह देती, "ना...मैं...अपने जातकों (बच्चों) को इस गंदगी में ना धकेलूंगी। मिहनत-मजूरी करा लूंगी, पर उनके हाथ में झाड़ू ना दूंगी।"

शिवचरण दसवीं पास करते ही नगरपालिका में क्लर्क की जगह एक एवजी में काम करने लगा था। यह काम उसे एक ठेकेदार के जरिए मिला था। जो भी वेतन मिलता था उसमें से बीस प्रतिशत ठेकेदार को देने पड़ते थे। ठेकेदार को देने के बाद जो भी बचता था, वह अम्मा के हाथ में थमा देता था। अम्मा को विश्वास होने लगा था कि दिन पलटेंगे।

नगरपालिका में शिवचरण ने अपनी एक खास जगह बना ली थी। थोड़ी-बहुत नेतागिरी भी वह करने लगा था। उन दिनों शहर में एक मजदूर नेता का बड़ा रौब-दाब था। शिवचरण उसी के पीछे लग गया था। जब भी उसकी मीटिंग होती या जुलूस होता, शिवचरण उसमें बढ़-चढ़कर सक्रिय हो जाता था। झंडे लगाना, पर्चे बांटना, नारे लगाना, ये सारे काम शिवचरण करता था। थोड़ा-बहुत भाषण देना भी उसने सीख लिया था, जिसका फायदा शिवचरण को यह हुआ कि नगरपालिका के तंत्र में उसकी घुसपैठ होने लगी थी। कई अफसरों, बाबुओं से संपर्क बनाने में उसे सफलता मिल गई थी, जिसके फलस्वरूप जो काम ठेकेदार कराता था, वे अब शिवचरण कराने लगा था जिससे उसकी आमदनी बढ़ गई थी।

आदमी जब आदमखोर हो जाता है तो फिर अपना-पराया नहीं देखता, बस उसे खून चाहिए। शिवचरण के साथ भी ऐसा ही हुआ था, सगे-संबंधी हों या जात-बिरादरी के अन्य लोग, सभी से काम कराने के बहाने कमीशन लेने लगा था, अपने-पराए का कोई भेद उसमें नहीं था। लोग कहते थे कि उसकी आंख में सुअर का बाल है।

उसकी बढ़ती आमदनी देखकर भी अम्मा समझ नहीं पाई थी। सुकड़ू

नगरपालिका में ही काम करता था, फिर भी उसने शिवचरण के बारे में कभी अम्मा से चर्चा नहीं की थी। एक दिन हरदेई की बहू चोपड़ा के ठिकाने का काम निबटाकर जैसे ही गली में आई, सामने से अम्मा को आते देखकर ठिठक गई। बहुत आदर भाव दिखाते हुए बोली, "अम्मा जी, तम अभी भी काम करो हो। इब तम्हें क्या कमी है। जेठ जी तो भतेरा (बहुत) कमावे हैं। रामकिशन को नौकरी दिलवाने के तीन हजार लिए थे। सभी जाणे हैं।"

"बहू, तू किसकी बात करे है...शिवचरण की? उन्ने तीन हजार लिए...तैन्ने कहां से सुण लिया?" अम्मा ने अचरज से कहा।

"अम्मा जी, अनजान ना बणो। जिब घर में गड्डी की गड्डी लोट (नोट) आवे हैं तो पड़ोसियों को भी पता हो जावे...फेर तम तो मां हो...घर की मालकिन हमने तो सुणा है जेठ जी सारे पैसे थारे ही हाथ में लाके धरे। इब तो वही कहावत हो गई दुनिया को लूट्टो भी और भले भी बणे रहो।" हरदेई की बहू चिनगारी लगाकर आगे बढ़ गई।

अम्मा का चेहरा फक्क पड़ गया था। उस वक्त वह कुछ बोल नहीं पाई थी।

शाम को शिवचरण के आते ही अम्मा से साफ-साफ कह दिया, "शिबु, आजकल तू जो करे है ठीक ना है...जो मैंने पता होता कि तू इस तरियो पैसा कमावे है तो मैं तेरे पैसे कू हाथ भी ना लगाती। तैन्ने पढ़ा-लिखा दिया1 तेरी साद्दी (शादी) कर दी...मेरा काम खत्म...अच्छा इनसान न बणा सकी यो मेरा कसूर। कल से तू अपना चौका-चूल्हा अलग कर ले...मन्नै ना खाणी इस कमाई की रोटी। अलग रहके चाहे किसी ने लूट या मार...मेरे से कोई मतलब नहीं।"

शिवचरण मुंह बाए अम्मा की बात सुन रहा था। उसकी समझ में नहीं आ रहा था कि अम्मा क्या कह रही है। अचानक अम्मा को हुआ क्या है? उसने पूछ ही लिया, "अम्मा, क्या बात है? मैं कोई चोरी करके पैसा लाता हूं। वह ठेकेदार इतने सालों से यही काम कर रहा था। कितनी बड़ी कोठी उसने बना ली है।...मैं करने लगा तो इसमें बुराई क्या है? मैं मेहनत करता हूं तो लोग खुशी से देते हैं। मैं किसी को नाजायज दबाकर तो कुछ नहीं लेता।"

"बुराई की बात करे है शिबु...बुराई तो किसी का गला काटने में भी ना है। बुराई तो डाका डालने में भी ना है। सूद पे रुपया चलाने में भी ना है। पर बेट्टे...करेक (जरा) उनकी भी तो सोच...जो अपने जातकों के मुंह का कौर छीन के मिहनत की कमाई तेरे हाथ पे धर देवे हैं। ना बेट्टे...ना...कभी सोच्चा है

उनकी दुरदशा पे...कैसे जीते हैं वे लोग?" अम्मा का गला भर आया था।

"अम्मा! दुर्दशा तो ये लोग अपने आप करे हैं। दो पैसे घर ले जाने के बजाय दारू पीते हैं। सट्टा खेलते हैं।" शिवचरण ने तर्क दिया।

"ठीक कहता है बेट्टे...जो तैन्ने स्कूल ना भेज्जा होत्ता तो तू भी उनकी तरियो होता। रही दारू की बात...दारू तो तू बी पीवे। आज तैन्ने मुफत की मिले तो पीवे। कल जिब ना मिलेगी तो खरीद के पीवेगा। जिब लत पड़ जा ना फेर ना दिक्खे कि बच्चे भूक्खे बैठे हैं या बीमार पड़े हैं...तेरी समझ में जो आवे ...तू कर, मैन्ने जो कहणा था कह दिया। कल से अपणा खा-कमा। अलग रह, मैन्ने ना चाहिए तेरी यो कमाई।" कहते हुए अम्मा उठकर घर के काम में लग गई। उसे लगातार यह दर्द साल रहा था कि उसकी कोख से एक आदमखोर ने जन्म ले लिया है, जो अपनों को ही खा रहा है।

आज जहां अम्मा खड़ी है, वहां से जब मुड़कर देखती है तो पीछे सब धुंधला-धुंधला दिखाई पड़ता है। न जाने कितने उतार-चढ़ाव देख चुकी है अम्मा।

बिसन के लड़के मुकेश ने उसके सीने में जो फफोला दिया है वह शायद सबसे गहरा है जिसने अम्मा को सदमा पहुंचाया है।

मुकेश ने एम.ए. कर लिया था। लेकिन नौकरी का कहीं दूर-दूर तक अता-पता नहीं था। काफी भाग-दौड़, जोड़-तोड़ के बाद भी नौकरी नहीं मिली थी। मुकेश को लेकर घर में तनाव रहने लगा था, जिसके कारण वह कई-कई दिन घर ही नहीं आता था। बिसन की परेशानी बढ़ने लगी थी। खोजबीन करने पर पता चला, वह एक स्कूल टीचर के घर पड़ा रहता है।

स्कूल टीचर अपने दो छोटे-छोटे बच्चों के साथ पति से अलग रहती थी। देखने में आकर्षक और जवान थी। मुकेश से कहीं मुलाकात हुई थी। वही मुलाकात घनिष्ठता में बदल गई थी। एक ऐसा रिश्ता दोनों के बीच बन गया था जिसे वे कोई नाम नहीं दे पाए थे। रोज-रोज के तनाव से भागकर वह टीचर के पास पहुंच जाता था। सुकून ढूंढ़ने। शुरू-शुरू में मुकेश के आकर्षक व्यक्तित्व ने टीचर को खींचा था। अकेलेपन से ऊबकर वह मुकेश के बाहुपाश में सिमट गई थी। कुछ ही मुलाकातों के बाद यह आकर्षण जरूरत में बदल गया था। दो-दो बच्चों को दिन भर संभालने के लिए कोई तो घर में होना ही चाहिए। टीचर सुबह आठ बजे स्कूल चली जाती थी और मुकेश दिन भर बच्चों को संभालता था।

रात में वह दस-साढ़े दस से पहले अपने घर नहीं लौटता था। एक दिन जब वह रात में देर से लौटा तो बिशन ने मुकेश को डांटकर पूछा, "आजकल, इतनी देर कहां रहते हो? सुबह मुंह-अंधेरे घर से निकलते हो, रात में लौटते हो?"

मुकेश ने टालने का प्रयास किया। लेकिन जब बिसन ने सख्ती दिखाई तो मुकेश के तमाम बहाने लड़खड़ाने लगे। बिसन को उसके और टीचर के बीच चल रहे रिश्तों की भनक पहले ही लग चुकी थी।

बिसन ने गुर्राकर तीखी आवाज में कहा, "ये स्कूल टीचर का क्या चक्कर है?"

स्कूल टीचर का नाम सुनते ही मुकेश सकपका गया। बिसन की आवाज सुनकर अम्मा भी आ गई थी। मुकेश सिर नीचे किए चुपचाप खड़ा था। बिसन के किसी सवाल का उत्तर उसने नहीं दिया था। बिसन का पारा चढ़ गया। गुस्से में चीखकर बोला, "कुछ लाज-शर्म हो तो इसी वक्त निकल जा यहां से।" तड़तड़ करके दो-तीन थप्पड़ मुकेश को जड़ दिए। अम्मा बीच-बचाव करके मुकेश को अलग ले गई। बिसन अभी भी चिल्ला रहा था। अम्मा ने मुकेश को अपने पास बैठाकर पूछताछ की। अम्मा के सामने उसने सब कुछ उगल दिया।

अम्मा को लगा, सामने उसका पोता नहीं, मिसेज चोपड़ा के बेडरूम में विनोद बैठा है। उसकी आंखों में अजीब-सी वितृष्णा भर गई। वह कुछ नहीं बोली। गहरी सांस ली और लेट गई।

मुकेश कब उठकर गया, पता ही नहीं चला। सुबह शिवचरण की बहू ने आकर कहा, "अम्मा जी, मुकेश का ब्याह कर दो। सुबह का भूला घर लौट आवेगा।"

अम्मा ने लंबी सांस लेते हुए कहा, "ना बहू...किसी निरदोस बच्ची कू इस सांड के गले में ना बांधूंगी। जिब आदमी कू बासी गोश्त का चस्का लग जावे है तो ताजे गोश्त कू हाथ भी ना लगावे...मैं जीते-जी किसी गरीब की बेट्टी को जानबूझ के गड्ढे में ना धकेलूंगी..." अम्मा ने लंबी-लंबी सांस ली, जैसे पीड़ा से उबरने का प्रयास कर रही हो।

सुबह की रोशनी छत पर उतर आई थी। अम्मा ने झाड़ू और कनस्तर उठाया और ठिकानों की तरफ चल दी।

उस रोज वह शाम तक घर नहीं लौटी। दिन भर बाहर ही रही। मुकेश के चले जाने से उसे गहरा सदमा लगा था।

शाम को जब लौटी तो शरीर थककर चूर हो चुका था। सांस उखड़ी हुई

थी। उसकी हालत देखकर सभी घबरा गए। बिसन ने उसे चारपाई पर लिटाते हुए पूछा, "अम्मा, सुबह से कहां थी? सब जगह ढूंढ़ लिया। यहां सब परेशान थे।" अम्मा ने कोई उत्तर नहीं दिया।

उसे चुप देखकर बिसन ने कहा, "अम्मा, ये ठिकानों का काम छोड़ो। अब आपके शरीर में ताकत कहां है? और वैसे भी अब आपको इतनी तकलीफ उठाने की जरूरत क्या है? घर तो चल ही रहा है। अच्छा नहीं लगता अम्मा...आप गंदगी ढोने जाती हैं...लोग देखते हैं तो शर्म आती है...!"

"बेट्टे बिसन...तैन्ने और तेरे जातकों (बच्चे) ने सरम आवे...इसीलिए तो पढ़ाया-लिखाया। थारे सबके हाथ से झाड़ू-टोकरा छुड़ाया...मेरे बाद इस घर की कोई बहू-बेट्टी ठिकानों में नहीं गई...सिरफ इसलिए कि तुम सब लोग इज्जत से जीना सिक्खो। ऐसा कोई काम ना करो जिससे सिर नीच्चा हो...कहीं कमी रह गई है बेट्टे, जो तेरा मुकेश जूठन पर मुंह मारने गया, वह भी नौकर की तरह, उसके बच्चों को संभालने, इज्जत से उसे ब्याह के घर ले आता...भले ही दो जातकों की मां है। मेरा दिल खुश हो जाता। अपनी बहू बणा के रखती...पर यो तो ठीक ना है, अच्छा नी करा उन्ने..." अम्मा का गला भर्रा गया। वह रोने लगी।

जब आंसू रुके तो फिर बोली, "तेरे बापू रिटायर हुए तो जो पैसे मिले थे, उनसे सरदार का कर्जा उतार दिया। इब तो जिंदगानी थारे ही भरोसे है...जिब किरणलता अपने जातकों कू लेके आवे है तो उसके खाली हाथ पे रखने के लिए तो मेरे पास कुछ होणा चाहिए। कब तक तेरे से मांगूंगी...ना बेट्टे...उस सुख की खातिर मुझे काम करना पड़ रहा है तो आखरी सांस तक करूंगी।"

अम्मा की आंखों में गहरे पानी की झील उग आई थी, जिसमें छोटी-छोटी लहरें उठ रही थीं। जैसे तमाम जख्म फिर से हरे हो गए हों।

अम्मा का टूटा-फूटा कनस्तर और झाड़ू दीवार के सहारे टिका मुंह चिढ़ा रहा था।

# बंधुआ लोकतंत्र

गंदले पानी के जोहड़ में जैसे किसी ने एक बड़ा सा ढेला फेंक दिया था। जिसकी लहरों ने समूचे गांव की ज़िंदगी को हिलाकर रख दिया था। पिछले साठ वर्षों में यह सब अचानक ही हुआ था। ग्राम पंचायत के चुनाव से ठीक प: ले से गांव की पंचायत को आरक्षित श्रेणी में डाल दिया गया था। जिसने चौध.री भूप सिंह की पुरखों से चली आ रही सरपंच की गद्दी को खतरा पैदा कर दिया था। खबर फैलते ही पूरे गांव की राजनीति गरमा गई थी। जहां चौधरियों के चेहरों पर तनाव की लकीरें गहरा रही थीं, वहीं दलितों की बस्तियों में अजीब-सा माहौल था जिसे न खुशी कह सकते थे, न रंज। लेकिन दलितों की नई पीढ़ी के चेहरे खिलने लगे थे। उन्हें लगा, जैसे कुछ उम्मीद अभी है।

इस खबर को जो भी सुनता, हैरान रह जाता। चौधरी भूप सिंह की चौपाल पर कुछ खास किस्म के लोग इकट्ठे होने लगे थे। चौपाल की सीढ़ियां चढ़ते हुए चौधरी चंदगीराम ने अपनी भारी-भरकम ऊंची आवाज में कहा, "अर: बाब्बा, यो के करा दिया?"

"करा क्या दिया, इन कमीनों के बुरे दिन आ गए दिक्खें। जिन्हें हम बोट दिला के ऊपर भेज्जें, उन्होंने भी ना सोच्चा कि इससे क्या होगा? जिन सोहरों को नाड़ा बांधना भी ना आवे, वो सरपंच बणके म्हारे पे हुक्म चलावेंगे...गाम की शांति भंग कराणे का बौंत सरकार ने बणा दिया है..."

"थारी तो इतनी पहौंच है, फिर भी इसे रुकवा नहीं सके...यो तो ठीक ना हुआ है।" चंदगीराम ने अपने मन की भड़ास निकाली।

"ये जो ऊपर बैठे बड़े लोग हैं, जिनकी देश पे हुकूमत चलती है, वे सिरिफ अपना नफा-नुकसान देखते हैं, बाकी जाएं चूल्हे में।" चौधरी भूप सिंह ने कटुता से कहा। उसके मन में गहरी उथल-पुथल मची हुई थी। उसे यह समझ नहीं आ रहा था कि सरकार के इस फैसले का तोड़ कैसे निकलेगा। वह जानता

था कि एक बार यह सरपंची की कुर्सी हाथ से निकल गई, फिर वापस नहीं मिलेगी। साथ ही इतने साल में जो काला-सफेद किया है, उसका राज भी खुलने का डर उसे भीतर ही भीतर दहशत से भर रहा था। अभी तक तो समूचा गांव उसके खानदानी आतंक से चुप्पी साधे हुए था। एक बार उनके मन से डर निकल गया तो फिर वे सब निडर होकर उसे आंखें दिखाने में देर ना करेंगे। उसकी सोच के घोड़े सरपट भाग रहे थे। लेकिन दिशाहीन होकर गोल-गोल चक्कर काट रहे थे। उसके इर्द-गिर्द जो चमचों का जमघट था, उसमें भी कोई ऐसा नहीं था, जिस पर विश्वास किया जा सके।

पूरी रात उसने बिना पलक झपके बिताई थी। सुबह होते ही वह शहर के आला हाकिमों से मिलने निकल पड़ा था।

उसे पूरा यकीन था कि शहर में बैठे बड़े-बड़े अफसर, नेता उसकी बात को नहीं टालेंगे...और सरकार के इस फैसले को उन्हें बदलना ही पड़ेगा। यह गांव की इज्जत का मामला है। इससे पहले भी कई बार उसने सरकारी आदेशों को इसी तरह अपने हक में बदलवाया था...लेकिन इस बार उलटा हो गया। सभी जगह से निराशा ही हाथ लगी।

दो-तीन दिन बाद वह थक-हारकर लौट आया था। कहीं कोई सुनवाई नहीं हुई थी...'यह सरकार का निर्णय है...इसमें कुछ नहीं हो सकता है...' एक-दो जगह ऐसे अधिकारी भी थे, जो चौधरी भूप सिंह के सगे-संबंधी थे, उनमें भी घोर निराशा हुई थी।

"तो इतने साल से जो हम सेवा करते रहे हैं, उसका कोई मोल नहीं?"

"...है क्यों नहीं...लेकिन लोकतंत्र में सबको मौका मिलना चाहिए..."

"तुम्हें क्या लगे...ये दो कौड़ी के लोग, जो कल तक म्हारी गुलामी करते रहे हैं, इब हम पे हुकम चलाएंगे?" चौधरी ने गहरे विक्षोभ से कहा।

अधिकारी समझ तो सब रहा था, लेकिन यह मामला चुनाव का था। इसलिए उसके कार्यक्षेत्र से बाहर था। उसने टालने के लिए कहा, "ताऊ, आप तो बेकार परेशान हो रहे हैं। सरपंच कोई भी बने, राज तो आपका ही रहेगा। आपके बगैर तो गांव की राजनीति में पत्ता भी नहीं हिल सकता है।"

कोई और वक्त होता तो चौधरी की मूंछें और ज्यादा ऊंची हो जातीं। लकिन इस स्थिति की नजाकत को चौधरी अच्छी तरह समझ रहा था। वह जानता था

कि एक बार सत्ता का केंद्र उसके पास से खिसक गया तो दुश्मनों के हौसले बढ़ जाएंगे। जो अभी तक चुप हैं, वे भी बोलना सीख जाएंगे। सत्ता का खून एक बार मुंह लग गया तो बस फिर वह इतना आसान नहीं रह जाएगा।

पंचायत का चुनाव जितना करीब आ रहा था, चौधरी की निराशा उतनी ज्यादा गहरी हो रही थी। उसने यथासंभव कोशिश करके देख ली थी कि उनके गांव की पंचायत के सरपंच का पद आरक्षित कोटे से मुक्त होकर सामान्य कोटे में वापस बदल जाए। लेकिन ऐसा नहीं हुआ था। इस सिलसिले में वह अपनी बिरादरी के बड़े राजनेताओं से भी मिला था। लेकिन कोई भी उसकी पीड़ा को नहीं समझ पा रहा था। हर किसी का यही कहना था, थोड़ा इंतजार करो। इस बार आप किंग नहीं, किंगमेकर बनकर देखो। यह ज्यादा लाभ की चाल होगी। लेकिन उन सबकी बातों से चौधरी के मन में गहरा अवसाद ही बढ़ रहा था। उसके भीतर उठने वाले चक्रवात की आवाज सुनने की किसी को फुरसत ही नहीं थी।

पीढ़ी दर पीढ़ी चली आ रही सरपंची को वह अपनी प्रतिष्ठा और खानदानी विरासत मानकर चलता था। इतने साल तक उसके परिवार ने जो भी किया था, उसके उघड़ जाने का डर भी कहीं न कहीं चौधरी के मन में भय पैदा कर रहा था।

इसी बीच चुनाव की घोषणा ने रही-सही कसर पूरी कर दी थी। जैसे-जैसे नामांकन की तारीख पास आ रही थी, उसकी चिंताएं और ज्यादा बढ़ रही थीं। अपनी बिरादरी के सभी खास-खास और भरोसे के लोगों को हवेली में बुलाकर एक बैठक करने का विचार उसके मन में आया। उसने अपने मन की बात गोपनीय रखी थी। किसी को भनक भी नहीं लगने दी थी कि वह क्या चाहता है।

बैठक को भी पूरी तरह गोपनीय रखा गया था। कई लोग आधे मन से बैठक में आए थे। कई लोग चौधरी की खुशी को अपनी खुशी मानने वाले भी थे। लेकिन एक बात सबके मन में थी कि सरपंच के पद पर कोई कमीन न बैठे। इस बात को लगभग सभी ने एक स्वर में उठाया था। सभी इससे सहमत

भी थे। लेकिन जब पद को आरक्षित कर दिया गया है तो अब होगा कैसे?

सभी अपनी बात काफी ऊंचे स्वर में कह रहे थे। मास्टर भोलाराम चुपचाप इस बहस को सुन रहा था। उसने खड़े होकर कहा, "चौधरी जी, हमारी समझ में तो एक बात आवे है, आपकी इजाजत हो तो मैं कुछ कहना चाहता हूं..."

"मास्टर बोल...यो कोई मेरे अकेले की समस्या नहीं है। इसके छिंट्टे तो सब पे आवेंगे। तू भी अपणे दिल की बात बता।" चौधरी ने भोलाराम का हौसला बढ़ाया।

"बस जी, मैं तो सिरेफ इतना कहणा चाहूं कि इब जब सरकार का फैसला म्हारे खिलाफ हो ही गया है तो तम भी सीधी उंगलियों से क्यूं घी निकालने का काम करो। जहां सीधी उंगली से काम न चले तो उंगली को टेढ़ी करके भी तो काम करना पड़ता है..." मास्टर भोलाराम ने भूमिका बनाने की कोशिश की।

"देख भाई मास्टर, यो मुहावरेबाजी स्कूल में जातकों को ही सिखाने के लिए बचाकर रख ले। यहां तो सीधी बात कर...ज्यादा लेक्चरबाजी की जरूरत ना है..." चौधरी के भतीजे सतबीर ने मास्टर भोलाराम को टोका।

"चौधरी साहब, मैं तो यह कह रहा था कि आप अपने किसी खास आदमी को सरपंची के लिए क्यों नहीं खड़ा कर देते। सांप भी मर जाएगा और लाठी भी न टूटेगी...जो भी होगा आपकी हवेली के इशारे से ही होगा..." मास्टर भोलाराम अपनी बात कहकर चुप हो गया था।

उसकी बात सुनकर क्षण भर के लिए सन्नाटा छा गया था। हर कोई ऐसे आदमी की तलाश मन ही मन करने लगा था, जो उनकी बात भी सुने और आरक्षित कोटे से भी हो।

लेकिन चौधरी भूप सिंह ऐसा कोई खतरा नहीं उठाना चाहते थे कि कल चलकर वह आदमी उन्हें ही आंखें दिखाने लगे। इसलिए वे इस बात पर खामोश ही रहे। लेकिन चौधरी तेगा सिंह को यह खयाल अच्छा लगा था। उसने अपनी मूंछों को तराशते हुए कहा, "सरपंच जी, मास्टर ने बात तो दमदार कही है। क्यों मास्टर, तुम्हारी नजर में ऐसा कोई भरोसेदार कमीन है इस गांव में, जो बसिटों के इशारे पर अपनी सरपंची को चलाएगा?"

"जी, ऐसे तो बहुत हैं...अगर चौधरी साहब की इजाजत हो तो एक नाम मेरे मन में है।" मास्टर ने हिचकिचाते हुए कहा।

सभी उसकी ओर जिज्ञासा से देखने लगे थे। चौधरी ने मास्टर की ओर

आंखें तरेरीं जिन्हें वह देख नहीं पाया था।

"मास्टर, जल्दी बता कौन हो सकता है ऐसा आदमी?" ठेकेदार सुनील सिंह ने जोर देकर कहा।

"...जी, चौधरी साहब का हाली...करमा...?" मास्टर ने जल्दी से कहा। चौधरी उचककर खड़े हो गए थे...

"अबे मास्टर, तू नशा-वशा तो करके ना आया है? वो अनपढ़-गंवार सरपंच बनेगा।...?"

मास्टर को लगा कुछ गलत हो गया है। उसने कुछ कहने की कोशिश की। लेकिन चौधरी ने उसे बोलने नहीं दिया।

चौधरी तेगा सिंह ने भूप सिंह को शांत करने के उद्देश्य से कहा, "सरपंच जी, वैसे आइडिया बुरा नहीं है। कुर्सी पर भले ही करमा बैठेगा, पर खड़ाऊं तो आपकी ही राज करेंगी...सोचकर देखो।"

चौधरी भूप सिंह को लगा, कहीं बात हाथ से न निकल जाए। उसने सभी को समझाने के उद्देश्य से कहा, "यो मामला इतना हलका-फुलका ना है, जितना तुम लोग समझ रहे हो। इन कमीनों का क्या भरोसा, कल मुंह फेर लें। तब सिवा लड़ाई-झगड़े के कुछ होगा...मेरे मन में एक प्रस्ताव है, आप लोग उचित समझें तो उस पर विचार कर लें...क्यूं न हम इस चुनाव को यहां होने ही न दें..."

"यो कैसे होगा...?"

ठेकेदार सुनील ने शंका जताई।

"...हो सकता है...इस गांव का कोई भी आदमी पर्चा दाखिल न करे तो चुनाव कैसे होगा? सरकार अपने आप झुकेगी...जब तक चुनाव नहीं होंगे पंचायत बन ही नहीं सकती।"

चौधरी के इस प्रस्ताव पर सभी आपस में खुसरफुसर करने लगे थे। कई लोग हैरानी से चौधरी को देख रहे थे, तो कई लोगों के चेहरे पर चौधरी की बात से प्रशंसा के भाव भी उभरे थे। मिली-जुली प्रतिक्रिया हुई थी। एक-दो ने दबे स्वर में यह भी सवाल उठाया था कि गांव के लोग इस बात से राजी होंगे? कुछ देर तक खामोशी छाई रही। चुप्पी तोड़ी थी विजय सिंह ने। उसने खड़े होकर कहा, "सरपंच जी, चुनाव का बहिष्कार करने का मतलब है सरकारी आदेश के खिलाफ जाना। और इसके परिणाम गलत भी हो सकते हैं। इसका असर गांव के विकास पर भी तो पड़ सकता है।"

ठेकेदार सुनील सिंह ने लगभग चीखते हुए कहा था, "जब हमारे सिर पे

इन अनपढ़ और जाहिलों को बैठाने का काम सरकार ने कर दिया है तो हमारे पास रास्ता क्या बचा है।" उसने चौधरी के प्रति अपनी वफादारी निभाई।

विजय सिंह ने बिना उत्तेजित हुए कहा, "लोकतंत्र में छोटे-बड़े के भेद को भुलाकर सबकी भागीदारी होनी चाहिए। और ऐसा करके आप लोग लोकतंत्र के ही खिलाफ जा रहे हैं।"

विजय सिंह के तर्क ने बात का रुख बदल दिया था। लेकिन चौधरी ने पासा फेंका, "हमने कब कहा है कि हम लोकतंत्र के खिलाफ हैं। प्राचीन काल से ही हम पंचायत राज के मानने वाले रहे हैं। समाज के सारे फैसले पंचायतें ही करती रही हैं। हजारों साल से हम लोकतंत्र को मानते आ रहे हैं। दुनिया को लोकतंत्र हमने दिया है। तब ही तो म्हारा समाज एक साथ आज भी बंधा हुआ है। यह सब लोकतंत्र ही तो है। जो गलत हो रहा है, उसे लोकतंत्र के नाम पर क्यों म्हारे सिर पे थोपा जा रहा है।"

विजय सिंह चौधरी से बहस नहीं करना चाहता था। लेकिन जिस तरह से पंचायत का इस्तेमाल जातीय हितों में होता रहा है उसे भी वह अच्छी तरह जानता था...उसने नर्म शब्दों में कहा, "मैं सिर्फ इतना कहना चाहता हूं कि पंचायत का सही मकसद तभी पूरा होता है जब सबको न्याय मिले। यदि सरकार ने इस गांव की पंचायत के सरपंच का पद दलित के लिए आरक्षित किया है तो उसे रोकने की कोशिश भी तो गलत है। बिना आरक्षित किए आप एक दलित को वहां तक आने ही नहीं देना चाहते हैं।"

"कौण रोक रहा है? लड़ें चुनाव और जीत जाएं?" चौधरी ने जोर देकर कहा।

"आप लोगों ने इतने वर्षों में किसी को जीतने दिया है?" विजय सिंह ने दुखी मन से कहा।

"देख बेट्टे, उमर के जोश में आके गलत-सलत तो बोल्ले ना। इनकी औकात है सरपंच बनने की...बस चुपचाप बैठ जा...जो बात हो रही है उसे पूरी होणे दे। इन कमीनों का नेता बणके तू दिल्ली जाणे के सपने देख रहा है तो भूल जा...अभी दिल्ली दूर है।" चौधरी ने आंखें तरेरकर विजय सिंह के सिर से लोकतंत्र का भूत उतार दिया था।

इसके बाद किसी की हिम्मत ही नहीं पड़ी थी कि कोई चौधरी के प्रस्ताव का विरोध करता। कुछ देर तक सन्नाटा छाया रहा। फिर एक-एक कर लोग खिसकने लगे थे।

चौधरी के फैसले पर मौन स्वीकृति का ठप्पा लग गया था। ठेकेदार और चौधरी तेगा सिंह आखिर तक बैठे हुए थे...ठेकेदार सुनील सिंह ने चौधरी से कहा, "म्हारे लिए क्या हुकुम है बताइए...?"

चौधरी ने दीवान पर रखे गावतकिए को अपनी जांघ के नीचे सरकाते हुए कहा, "क्या कहना है। सब कुछ तो सामने दिख रहा है...कोई भी इस गांव से नामांकन पर्चा भरने ना जाए इस बात का खयाल रखना है। अगर किसी ने भर भी दिया, तो उसे वापस लिया जाए या रद्द कराया जाए। इसके लिए जो भी रास्ता ठीक लगे करना है।"

चौधरी तेगा सिंह ने ठेकेदार की ओर मुखातिब होते हुए कहा, "इस काम में कोई कोताही नहीं होनी चाहिए। साम, दाम और दंड, भेद की भी जरूरत पड़े, इस्तेमाल करना है...यह मामला इस गांव की इज्जत का है।"

गांव के माहौल में एक अजीब तरह का तनाव पैदा हो गया था...विजय सिंह गहरी निराशा के साथ वहां से बाहर निकला था। लेकिन उसके सामने भी कई तरह के सवाल थे। वह भी कितनी दूर तक इन सबका विरोध कर सकता था। यह जानते हुए भी कि पंचायत राज हमेशा से दलित विरोधी रहा है, वह कुछ भी कर सकने की स्थिति में नहीं था। इसीलिए उसका विरोध कागजी विरोध बनकर हवा हो गया था। वह चुप होकर घर में बैठ गया था।

इस माहौल में कोई भी खुलकर बात नहीं कर रहा था। चौधरी भूप सिंह चाहता भी यही था।

फिर भी छब्बीस लोगों ने नामांकन दाखिल कर दिए थे। चौधरी के दबंगों ने नामांकन दाखिल करने वालों को डराने-धमकाने की काफी कोशिशें की थीं। लेकिन नामांकन फिर भी दाखिल हो गए थे जो इस बात का संकेत था कि आम लोग चौधरी के खिलाफ जा रहे थे। ऐसा पहली बार हुआ था। लेकिन अचानक कुछ ऐसा घटा कि जातीय आधार पर गांव का माहौल ही बदल गया था। सामान्य श्रेणी के सभी उम्मीदवारों ने अपने नामांकन पत्र वापस ले लिए थे। सिर्फ छह आरक्षित उम्मीदवारों के नामांकन वापस नहीं हुए थे। इससे चौधरी को गहरा धक्का भी लगा था। वह अच्छी तरह जानता था कि ऐसा हो सकता है।

अगले रोज से ही पूरे गांव ने उन छह लोगों का बहिष्कार करना शुरू कर दिया था। सबसे पहले रूपचंद को ठेकेदार ने सरेआम थप्पड़ मारकर कहा, "देख रूपचंद, यह तो शुरुआत है। कल जाके नाम वापस ले ले, वर्ना सरपंच बनने से पहले ही जिंदगी से हाथ धो बैठोगे..."

रूपचंद भी हाथापाई पर उतर आया था, "चुनाव तो मैं लड़ूंगा, अंजाम चाहे जो हो।"

"ठीक है, हम भी देखते हैं तू सरपंच कैसे बनता है।" ठेकेदार सुनील सिंह धमकी देते हुए चला गया था।

रूपचंद बस्ती के कुछ लोगों को लेकर पुलिस थाने में रिपोर्ट लिखाने के इरादे से गया। लेकिन दरोगा ने रिपोर्ट लिखने से मना कर दिया था, "चुनाव का माहौल है। गांव की शांति भंग करना चाहते हो!"

"मैंने सरपंच की उम्मीदवारी के लिए नामांकन भरा है। ठेकेदार सुनील सिंह ने मुझे सरेआम थप्पड़ मारा है और नामांकन वापस लेने के लिए मुझे डराया-धमकाया जा रहा है। उसके खिलाफ मैं रिपोर्ट लिखाने आया हूं और..."

वह अभी अपनी बात पूरी भी नहीं कर पाया था, दरोगा ने उसे टोका, "जब ऐसी बात है तो तुम्हें चुनाव लड़ने की क्या पड़ी है। ले लो नामांकन वापस।"

"क्यों वापस ले लूं, संविधान ने जब नागरिक होने के नाते मुझे यह हक दिया है तो वह ठेकेदार कौन होता है मुझे चुनाव लड़ने से रोकने वाला? आप कानून और संविधान के रखवाले हैं, इसीलिए आपके पास रिपोर्ट लिखाने आया हूं। आप रिपोर्ट लिखिए।"

"अच्छा, तू मुझे सिखाएगा कानून और हक क्या होता है। जा, नहीं लिखता रिपोर्ट..." दरोगा ने अपनी हेकड़ी का प्रदर्शन करते हुए रूपचंद को उसकी औकात दिखाने की कोशिश की।

रूपचंद को दरोगा का यह रवैया नागवार लगा। लेकिन उसकी समझ में नहीं आ रहा था कि दरोगा रिपोर्ट लिखने से मना क्यों कर रहा है। "दरोगा जी, अगर पुलिस भी गुंडों के साथ हो जाएगी तो हम जैसों के साथ कौन होगा? गांव में पंचायत चुनाव न हों, यह कोशिश चल रही है क्योंकि सरपंच इस बार किसी दलित के लिए आरक्षित किया गया है। और आप भी..."

"जब तू यह सब जाणता है तो क्यों जान जोखिम में डाल रहा है बावले बंदर? चुपचाप अपने बाल-बच्चों को पाल और गांव की सेवा-टहल करता रह। सत्ता की कुर्सी के सपने न देख। इस पर उन्हें ही बैठने दे जो इसके काबिल हैं। समझदारी इसी में है।" दरोगा ने अपनी तरफ से मजबूत पासा फेंका और ज्ञान देने की कोशिश की।

"ठीक है दरोगा जी, समझ में आ गया है...आप क्या चाहते हैं। रूपचंद ने

धीमे से कहा और उठकर चल दिया। दरोगा को लगा उसकी बात का असर पड़ा है। उसने रूपचंद को जाते हुए देखकर, अपनी तराशी गई मूंछों को और ज्यादा नुकीला बनाते हुए कहा, "देख रूपचंद, तू अगर अभी और आज ही अपना और अपनी बिरादरी के लोगों के पर्चे वापस लेता है तो यह दरोगा हर वक्त तुम्हारे साथ होगा। और हर प्रकार से तुम्हारी हिफाजत करने की कोशिश करेगा...यह एक राजपूत की जबान है...आगे थारी मरजी है।"

उसकी बात सुनकर रूपचंद जाते-जाते रुक गया था। एक पल की खामोशी के बाद सधे हुए स्वर में कहा, "दरोगा जी, हमारी मदद करके आपको क्या मिलेगा...ये चिकने-चुपड़े बोल म्हारी समझ में बहुत देर के बाद आए हैं ...अगर कुछ पहले आ गए होते तो शायद नामांकन वापस लेने की सलाह देने का आपको मौका ही न मिलता।"

रूपचंद यह तो समझ चुका था कि सारा खेल चौधरी भूप सिंह का है, जो विरासत में मिली सरपंच की कुर्सी छोड़ना नहीं चाहते हैं। ठेकेदार सुनील, दरोगा, तहसील और कचहरी में बैठे अधिकारी, कर्मचारी तो सिर्फ इस खेल के मोहरे हैं।

उसके पहुंचने से पहले ही यह खबर पूरे गांव में फैल चुकी थी कि रूपचंद थाने गया था ठेकेदार के खिलाफ रिपोर्ट लिखाने। लेकिन दरोगा की घुड़की के सामने मुंह लटकाकर वापस आ गया है। अब तो पूरी बस्ती पर आफत आएगी ...हर कोई रूपचंद को समझाने की कोशिश में लगा था। जल में रहकर मगरमच्छ से बैर लेना ठीक नहीं है। लेकिन रूपचंद ने भी तय कर लिया था कि वह नामांकन वापस नहीं लेगा। उसका यही फैसला चौधरी की आंख की किरकिरी बन गया था।

जब वह अपनी बस्ती में पहुंचा तो हवा का रुख बदल चुका था। बस्ती का कोई भी व्यक्ति उससे बात करने से डर रहा था। दरअसल कुछ लोग बस्ती में आकर सभी को डरा-धमकाकर गए थे कि यदि आप लोगों ने नाम वापस नहीं लिए तो अंजाम बुरा होगा, आगे तुम्हारी मर्जी है। उनके साथ एक सिपाही भी था, जो बस्ती के लोगों को ये समझाने की कोशिश कर रहा था कि चौधरी भूप सिंह भले, ईमानदार खानदानी आदमी हैं। वे गांव का भला चाहते हैं। सभी को उनकी बात मान लेनी चाहिए। इसलिए पंचायत चुनाव के झंझट से आप लोगों को दूर रहना चाहिए।

दलित बस्ती में जो बदलाव की उम्मीद जगी थी, वह यकायक खत्म हो

गई थी। वहां भी एक-दूसरे के सामने पड़ने से हर कोई बच रहा था, जैसे उनके बीच किसी ने गहरी खाई निर्मित कर दी थी जिसे पार करना उन्हें भारी पड़ रहा था। चौधरियों के भय ने उन्हें घरों में बंद कर दिया था। रूपचंद ने बहुत कोशिश की थी कि एक बैठक करके सभी को स्थिति से अवगत कराया जाए। लेकिन कोई भी बैठक में आने को तैयार नहीं था। उन्हें लग रहा था कि बैठक की खबर चौधरियों को लग जाएगी, तो वे मारपीट करेंगे और काम से भी हटा देंगे। काम नहीं मिलेगा तो खाएंगे कहां से...यह डर उन्हें कमजोर बना रहा था।

जिन अन्य आरक्षित उम्मीदवारों ने नामांकन भरे थे, उन्होंने चुपचाप जाकर अपने नाम वापस ले लिए थे। उन पर जिस तरह का दबाव बनाया गया था, उसके सामने वे ज्यादा देर तक टिक नहीं पाए थे। गांव में उनके सामने जिस तरह का माहौल खड़ा किया जा रहा था, उससे भयभीत होकर ही उन्होंने अपने-अपने नाम वापस ले लिए थे।

चौधरी को पूरी उम्मीद थी कि आखिरी समय से पहले रूपचंद भी अपना नाम वापस ले लेगा। लेकिन ऐसा नहीं हुआ था। नाम वापस लेने की आखिरी तारीख खत्म हो गई थी। सरपंच पद के प्रत्याशी के रूप में अकेले रूपचंद का नाम था, जिसे निर्विरोध उम्मीदवार के रूप में सरपंच घोषित कर दिया गया था। वैसे तो यह इस गांव के इतिहास की अनोखी घटना थी, जिसकी खुशी सभी को होनी चाहिए थी, लेकिन पूरे गांव में सन्नाटा छाया था। यानी घोषित रूप से चौधरी भूप सिंह की पुश्तैनी सत्ता एक दलित के पास चली गई थी। वह भी बिना चुनाव हुए। यह सचमुच में एक ऐतिहासिक क्षण था। लेकिन इस क्षण का उत्सव नहीं मातम मनाया जा रहा था।

कहने को तो रूपचंद गांव पंचायत का सरपंच वैधानिक तरीके से घोषित हो चुका था। लेकिन विधिवत् किसी भी प्रकार का कोई चार्ज उसे नहीं मिला था...वह इंतजार करके थक गया था लेकिन उसे चार्ज नहीं दिया गया था। थक-हारकर उसने चुनाव कार्यालय के भी चक्कर काटे, लेकिन कोई सुनवाई नहीं हुई थी।

रूपचंद जिस चौधरी के खेतों में काम करता था, वह काम भी उससे छूट गया था। गांव में कोई भी उसे काम देने को तैयार नहीं था। उसके सामने रोजी-रोटी का गंभीर संकट उत्पन्न हो गया था। यहां तक कि उसकी पत्नी राजबीरी जहां भी काम मांगने जाती, वहां से खाली हाथ लौट आती थी। ऊपर से दस जली-कटी और अपमानित करने वाली बातें सुननी पड़ रही थीं..."काम

की क्या जरूरत है, इब तो सरपंच हो, सब कुछ थारा ही है...ऐश करो...चौधराइन बनके पूरे गांव पे हुकम चलाओ..." राजबीरी खून के घूंट पीकर वापस आ जाती। कुछ दिन बाद तो भूखों मरने की नौबत आ गई थी। यानी यह सरपंची उनके गले में फांसी का फंदा बन गई थी।

ऐसा नहीं था कि गांव के पंचायती कामकाज ठप्प हो गए थे। सब यथावत् और पहले की तरह चल रहे थे। सरपंच के अधिकार अभी भी चौधरी भूप सिंह के पास थे। कागजों में सरपंच की जगह रूपचंद का नाम लिखा था, लेकिन रूपचंद पंचायत-भवन में घुस नहीं सकता था क्योंकि विधिवत् उसे चार्ज नहीं मिला था। इसलिए उसके पास कोई अधिकार भी नहीं था। शायद ही कोई सरकारी दफ्तर होगा, जहां जाकर उसने अपनी व्यथा न सुनाई हो, शहर के छोटे-बड़े अखबारों के आगे अपना दुखड़ा न रोया हो, लेकिन सभी विवश थे। एक छोटे से गांव ने अपने अधिकार का इस्तेमाल करते हुए लोकतंत्र को बंधक बना लिया था जिसे छुड़ाने के लिए रूपचंद अपने पूरे परिवार के साथ शहर की सड़कों पर भटक रहा था। दाने-दाने को मोहताज होकर वह भुखमरी के कगार पर पहुंच गया था। लोकतंत्र ने उसे सरपंच तो बना दिया था, सिर्फ कागजों पर। लेकिन उसकी रोजी-रोटी छीनकर दाने-दाने को मोहताज कर दिया था। हो सकता है, फटेहाल रूपचंद अपने भूखे-प्यासे बच्चों के साथ आपके पास से भी गुजरा हो, लेकिन आप उसे पहचानोगे कैसे? ऐसे फटेहाल लोग तो हर रोज आपके पास से गुजरते हैं, जिन्हें अनदेखा करके आगे बढ़ जाना आपकी भी विवशता है।

# पीटर मिश्रा

पीटर मिश्रा ने नौकरी के लिए आवेदन किया था। जब उसका आवेदन जांच के लिए मेरे आगे से गुजरा तो मुझे उसका नाम देखकर एक अजीब-सा अहसास हुआ–पीटर के साथ मिश्रा। लेकिन एक यह भी खयाल मन में आया कि हो सकता है, इसके माता-पिता ने प्रेम विवाह किया हो। इसीलिए ऐसा नाम रखा गया हो। खैर, पूरी चयन-प्रक्रिया में यह नाम बार-बार मेरे सामने से गुजरता रहा। संयोग ऐसा हुआ कि पीटर मिश्रा का चयन हो गया था। जब चयनित होकर उसने कार्यालय ज्वाइन किया तो वह मेरे पास आया था, रिपोर्ट करने। मैंने उसे बैठाकर पहले तो औपचारिक पूछताछ की थी। लेकिन जब वह कुछ सहज हो गया तो मैंने उससे पूछा, "पीटर, एक सवाल जो बार-बार मेरे मन में उठ रहा है, मैं पूछना चाहता हूं। यदि तुम्हें लगे कि कुछ अवांछित प्रश्न है तो जरूरी नहीं है कि आप उत्तर ही दें। फिर भी मेरे मन में जो उठ रहा है वह मैं जानना चाहता हूं। यह पीटर के साथ मिश्रा का रहस्य क्या है?"

पीटर कुछ गुमसुम-सा हो गया था। आंखें नीची करके शांत मुद्रा में बैठा था। उसे चुप देखकर मुझे अफसोस होने लगा था कि मैंने ऐसा व्यक्तिगत सवाल क्यों किया। बाद में भी पूछ सकते थे। मैंने कहा, "डोंट वरी यंगमैन, यदि आपको कुछ गलत लगता है इट इज ओ.के., मैं अपने सवाल को वापस लेता हूं।"

"नहीं सर,... कहानी लंबी है। आप चाहते हैं तो मैं विस्तार से बताना चाहता हूं।" पीटर ने शांत मन से कहा।

"जरूर, यदि मन में कुछ है तो निःसंकोच कह सकते हो।" मैंने उसे आश्वस्त किया था। साथ ही यह भी कहा, "यदि कुछ पर्सनल है जिसे नहीं कहना है तो छोड़ सकते हो।"

"नहीं सर, ऐसा कुछ भी नहीं है। हां, जीवन के कुछ ऐसे प्रसंग हैं जहां मेरे माता-पिता ने भयानक त्रासदी जीकर मुझे यहां तक पहुंचाया है। बस उनकी

दास्तां ही ऐसी है...जिसे सुनने का हौसला चाहिए।" पीटर ने पूरे आत्मविश्वास के साथ कहा, और अपनी कहानी शुरू की...

यह कहानी मेरे दादा जी से शुरू होती है, जिनका पूरा नाम सत्यव्रत मिश्रा था...

सत्यव्रत मिश्रा जी का मन सुबह से ही उचाट था। ऑफिस के किसी भी काम में उनका मन नहीं लग रहा था। शाम पांच बजे उन्हें डॉ. कुलदीप सिंह से रिपोर्ट लेनी थी। मन में तरह-तरह की आशंकाएं दस्तक दे रही थीं जिनसे मुक्त होने के लिए उन्होंने तमाम उपाय करके देख लिए थे। प्राणायाम से लेकर शवासन, योगासन, कपालभाती यानी जो भी वह कर सकते थे, करके देख लिए थे। लेकिन मन था कि काबू में ही नहीं आ रहा था। पिछले छह महीने से वे इसी उलझन में फंसे थे। समस्या भी ऐसी थी कि उस पर किसी से बात नहीं कर सकते थे। यहां तक कि अपने भीतर उठते सुनामी को वे अकेले ही जी रहे थे।

जैसे-जैसे शाम के पांच बजने का समय हो रहा था, उनके भीतर तेज कोलाहल के साथ एक अजीब तरह का भय बढ़ता जा रहा था। उस क्षण वे स्वयं को बेहद कमजोर महसूस कर रहे थे। जहां चारों ओर सिर्फ गहन अंधकार ही दिखाई दे रहा था, उन्हें लग रहा था, जैसे वे एकदम निपट अकेले किसी बियाबान मरुस्थल में भटक रहे हैं।

ऐसा भी नहीं था कि उनके साथी-संगी या नाते-रिश्तेदार कभी उनके साथ खड़े नहीं हुए थे। लेकिन जिस समस्या से वे इस वक्त घिरे हुए थे, उसे किसी के साथ साझा नहीं करना चाहते थे। यहां तक कि पत्नी से भी इस बात को वे गोपनीय रखकर चल रहे थे। शायद इसीलिए वे अकेले पड़ गए थे। वे जानते थे कि जैसे ही समस्या का पता पत्नी को चलेगा, वह समस्या की गंभीरता को समझने के बजाय रो-रहाट मचा देगी। जिन पड़ोसियों और नाते-रिश्तेदारों को अभी तक कुछ भी पता नहीं है, वे सब जान जाएंगे। और उसके बाद जो होगा वह कल्पना भी नहीं कर पाएगी।

इसी उधेड़बुन में सत्यव्रत मिश्रा के तीन महीने निकल गए थे।

सबसे बड़े बेटे के शरीर में जिस प्रकार का विकार उत्पन्न हो रहा था, उसे लेकर सत्यव्रत मिश्रा बड़े से बड़े डॉक्टर, आयुर्वेदाचार्यों, वैद्यों, हकीमों, ओझों आदि के चक्कर काट चुके थे। आखिर थक-हारकर डॉ. कुलदीप सिंह के पास अपने बड़े बेटे पंकज को लेकर गए थे। डॉ. कुलदीप सिंह ने पंकज का

चैक-अप करने के बाद कहा था कि मिश्रा जी, रोग काफी बढ़ चुका है। इसमें ज्यादा देर करना ठीक नहीं है। आप इन्हें दिल्ली या किसी ऐसी जगह लेकर जाइए जहां इस रोग के विशेषज्ञ हों। अभी मैं कुछ नहीं कह सकता हूं क्योंकि जो मुझे शक है वह मैं पूरे आत्मविश्वास से नहीं कह पा रहा हूं। इस विषय के डॉक्टर से बात करके ही मैं आपको पूरे दावे के साथ कह पाऊंगा। आप कल आ जाएं। मैं कोशिश करूंगा कि आपको दिल्ली या अन्य अस्पतालों के विषय में भी जानकारी दे पाऊंगा। आप आ जाएं, मैं विस्तार से आपको बता दूंगा कि आगे क्या करना है।

सत्यव्रत मिश्रा की रगों में बहता रक्त-प्रवाह ठंडा पड़ने लगा था। जीवन के अनुभव से जो कुछ वह जानता था, यदि वही हुआ तो पूरे परिवार की जिंदगी नर्क बन जाएगी। उसके चेहरे पर हवाइयां उड़ने लगी थीं। डॉक्टर ने उसकी मनोदशा देखकर कहा था, "परेशान न हों, आज मेडिकल साइंस ने इतनी तरक्की कर ली है कि अब ऐसी बीमारियों का इलाज हो सकता है। थोड़ा समय लग सकता है क्योंकि बीमारी पूरी तरह विकसित हो चुकी है। फिर भी इलाज संभव है।"

सत्यव्रत मिश्रा के सामने भविष्य का अंधकार घिरता नजर आ रहा था। उसे डॉक्टर की कही बातें पूरी तरह सुनाई नहीं पड़ रही थीं। दुश्चिंताओं का भयावह समंदर अपने किनारे तोड़कर उसके जीवन में घुस चुका था। भय के उठते ज्वार-भाटों के शोर में डॉक्टर की बातें उसे सुनाई नहीं पड़ रही थीं।

वह अपने दफ्तर से निकलकर बाहर आ गया था। उसे डॉक्टर के पास पहुंचने की जल्दी थी। उसे लग रहा था कि हो सकता है डॉक्टर की राय बदल जाए और जो शंकाएं कल जाहिर की थीं वे गलत हों। मन में कहीं एक विश्वास की उम्मीद अभी बाकी थी जिसे लेकर वह डॉक्टर के क्लिनिक की ओर थके कदमों से चल पड़ा था।

अभी सूरज ढलने में देर थी लेकिन धूप की चमक धीमी पड़ने लगी थी। सत्यव्रत मिश्रा के मन में इस वक्त डॉक्टर की रिपोर्ट और परिवार की प्रतिष्ठा ही हलचल मचाए हुए थी जो उसे भीतर ही भीतर अंधे कुएं में धकेल रही थी। इसी उधेड़बुन में वह कब डॉक्टर के क्लिनिक पहुंच गया था उसे खुद भी पता नहीं चला था।

डॉक्टर ने साफ कह दिया था कि "आपके बेटे को कुष्ठ रोग है जिसका इलाज यदि समय पर नहीं हुआ तो शरीर में ज्यादा अंगों तक फैल जाएगा और

फिर उसे रोक पाना मुश्किल होगा। ये कुछ नाम हैं, जहां आप अपने बेटे को भर्ती करा सकते हैं। उम्मीद है, जल्दी ही ठीक होकर आपके पास लौट आएगा और एक सामान्य जीवन जी सकता है। मेरी राय है कि अब आप इलाज में ज्यादा देर न करें।"

सत्यव्रत मिश्रा के लिए यह एक बहुत दर्दनाक क्षण था। कुष्ठ रोग का नाम सुनते ही आस-पड़ोस में क्या प्रतिक्रिया होगी, वह अच्छी तरह जानता था। उसके परिवार को एक बहिष्कृत जीवन जीने के लिए बाध्य कर दिया जाएगा। रिश्तेदार भी साथ छोड़ देंगे। बड़े बेटे पंकज का जो होगा वह तो होगा ही, लेकिन छोटे बेटे और दो लड़कियों का जीवन भी नर्क हो जाएगा, समाज की अस्पृश्यता को जीते-जी भोगना पड़ेगा। यह सोच-सोचकर ही उसका दिल बैठा जा रहा था। एक-एक कदम उसे दस-दस किलो का लग रहा था।

जब वह घर पहुंचा, अंधेरा पूरी तरह घिर चुका था। वह चुपचाप जाकर लेट गया था। पत्नी ने पूछने की कोशिश भी की थी, "जी, क्या बात है? आते ही लेट गए। हाथ-मुंह भी नहीं धोया है। सब ठीक तो है? डॉक्टर के पास गए थे? क्या कहा है? गुड्डू के हाथों पर जो चकत्ते हैं, वे ठीक तो हो जाएंगे न? लो पानी ले लो।"

सत्यव्रत गुमसुम-सा पत्नी के हाथ से पानी लेकर पीने लगा था। गिलास लौटाते हुए बोला, "ठीक है सब...बच्चों की आवाज नहीं आ रही है, कहां हैं?"

"जी, पढ़ाई कर रहे हैं।" पत्नी ने धीमे से कहा।

उसके बाद दोनों के बीच चुप्पी पसर गई थी। कुछ देर पत्नी खड़ी रही। लेकिन जब लगा कि वे कुछ बोल नहीं रहे हैं तो चुपचाप जाकर रसोई के काम में लग गई थी।

रात का खाना खाते ही सत्यव्रत मिश्रा बड़े बेटे पंकज को लेकर छत पर चले गए थे। बाकी बच्चे और पत्नी टीवी सीरियल देखने में व्यस्त हो गए थे। छत पर अंधेरा था। गली की रोशनी इस अंधेरे को क्षीण करने का असफल प्रयास कर रही थी। सत्यव्रत मिश्रा ने स्वर को बेहद नर्म करते हुए कहा था, "मैं डॉक्टर के पास गया था...डॉक्टर ने स्पष्ट कह दिया है कि तुम्हें कुष्ठ रोग है जिसका इलाज संभव है। मैं भी जानता हूं कि आजकल इस बीमारी को पहले की तरह छूत की बीमारी नहीं माना जाता है। लेकिन बेटे जिस समाज में हम रहते हैं वह अभी तक भी पुरानी मान्यताओं से बंधा हुआ है। जैसे लोगों को पता चलेगा कि मेरे परिवार में किसी को कुष्ठ रोग है, उसी वक्त से मेरे परिवार का बहिष्कार

हो जाएगा और जीते-जी हम सबको नर्क भोगना होगा। तेरी दो बहनें हैं, उनके शादी-विवाह में भी बाधाएं खड़ी हो जाएंगी। ब्राह्मण होते हुए भी हमें अछूतों की जिंदगी जीने के लिए यह समाज मजबूर कर देगा। क्या तुम ऐसा चाहोगे कि तुम्हारी मां, बहनें और छोटा भाई एक अछूत का जीवन जीएं। तुम बड़े हो अच्छा-बुरा सब समझते हो। इलाज में जो भी खर्च आएगा करूंगा। लेकिन बेटे जरा इस परिवार के भविष्य के बारे में सोचो।" सत्यव्रत मिश्रा का गला भर्रा गया था।

पंकज के आगे तो जैसे अंधेरे का भयानक बवंडर उमड़ने-घुमड़ने लगा था। वैसे भी जब से उसके हाथों और पैरों पर चकत्ते उभरने लगे थे, वह काफी परेशान था। उसकी समझ में नहीं आ रहा था कि उसे यह सब क्यों हो रहा है। वह अवाक् होकर अपने पापा की बात सुन रहा था। लेकिन कुछ भी बोलने की स्थिति में वह नहीं था। न उसे कुछ सूझ ही रहा था। उसके सामने तो अनिश्चितता का घना अंधेरा घिर रहा था जहां उसे अपने पापा का चेहरा भी दिखाई नहीं दे रहा था।

कुछ देर बाप-बेटे खामोशी से अपने-अपने अंतर्मन में उठने वाले गर्दो-गुबार को खंगालने की कोशिश में लगे रहे। अचानक सत्यव्रत मिश्रा ने उसे समझाते हुए कहा, "देख बेटे, परिवार की खातिर मैं तेरे आगे हाथ जोड़कर माफी मांगते हुए कह रहा हूं, ये दिल्ली के अस्पताल का पता है, ये कुछ रुपए हैं, कल सुबह बिना किसी को कुछ बताए चुपचाप घर से निकलकर दिल्ली अस्पताल में जाकर अपना इलाज करा लेना। लेकिन यहां लौटकर मत आना, और वहां अस्पताल में भी यहां का पता मत देना। नहीं तो पूरे परिवार को तुम्हारी भाग्यहीनता का दंश सदा-सदा के लिए झेलते रहने को अभिशप्त होना पड़ेगा। क्योंकि यह एक ऐसी बीमारी है जिसे किसी भी तरह छिपाया नहीं जा सकता। कुछ समय बाद तुम्हारे शरीर में जो विकार आएंगे वे किसी से भी छिप नहीं पाएंगे। इसीलिए कह रहा हूं। बिना किसी को बताए चुपचाप घर छोड़कर दिल्ली चला जा। यह मेरी प्रार्थना समझ लेना या मजबूरी समझकर मुझे माफ कर देना। क्योंकि यदि तुम ऐसा नहीं करते हो, तो पूरे परिवार को जो भोगना होगा, उसकी तुम अभी कल्पना भी नहीं कर पाओगे। आगे तुम्हारी मर्जी है..." सत्यव्रत मिश्रा ने कहते हुए एक लंबी सांस ली। पंकज के हाथ में कागज का एक टुकड़ा, जिस पर दिल्ली अस्पताल का पता लिखा हुआ था और कुछ रुपए थमाकर वे निढाल कदमों से नीचे चले गए थे।

पंकज छत पर अकेला खड़ा था। उसे लगा जैसे अचानक वह किसी ऐसे चक्रवात में फंस गया है जहां से निकलना उसके लिए संभव नहीं है। उसे लग रहा था जैसे समूचा आकाश एक ही झटके में उसके ऊपर आ गिरा है। चारों ओर जैसे लंबी-चौड़ी गहरी खाइयां खोद दी गई हैं जिनसे पार जाना उसके लिए मुश्किल है। वह हताश होकर छत पर बैठ गया था। निपट अकेला...उसकी समझ में नहीं आ रहा था कि वह क्या करे। उसके सामने बाजार में कटोरा लेकर भीख मांगते कुष्ठ रोगियों की कतारें घूम गईं। उसे लगा कि उसके जिस्म से किसी ने समूचा रक्त सोख लिया है और वह चेतनाशून्य हो रहा है। वह अचानक लुढ़क गया था। कुछ देर बाद जब उसकी चेतना लौटी तो वह छत पर अकेला ही था। उसने सोचने की कोशिश की कि वह अब क्या करे। कुष्ठ रोग से लड़े या परिवार की प्रतिष्ठा के लिए स्वयं को निर्जन जंगल में अकेला छोड़ दे...आखिर उसका दोष ही क्या था जिसके लिए इतनी बड़ी सजा उसे दी जा रही थी। जिंदगी की सच्चाई उसके सामने मुंह बाए खड़ी थी जिससे उसे अकेले ही लड़ना था।

रात भर वह छत पर अकेला बैठा अपने आप से लड़ता रहा था। सुबह के चार बजे होंगे। बाहर सड़क पर इक्का-दुक्का वाहनों के आवागमन की ध्वनि सुनाई पड़ने लगी थी। वह चुपचाप उठकर खड़ा हो गया था। खुले आकाश में सुबह की ताजा हवा को उसने अपनी सांसों में भरने की कोशिश की लेकिन वह भी उसे कसैली ही लगी।

वह छत से उतरकर आंगन में आ गया था। कुछ देर चुपचाप आंगन में खड़ा रहा। मुट्ठी में कागज का टुकड़ा और रुपए कसमसा रहे थे। जाने से पहले भाई-बहनों और मां को एक बार देख लेने की इच्छा उसके मन में उठी थी, लेकिन अंदर जाने का दरवाजा बंद था। उसने दरवाजे पर दस्तक देने के लिए हाथ आगे बढ़ाया लेकिन रुक गया। हाथ में पकड़े रुपए और दिल्ली का पता, उसने दरवाजे की झिर्री से घर के अंदर सरका दिए थे और चुपचाप बाहर सड़क पर आ गया। उसके सामने रात का घना अंधेरा ही नहीं, जीवन का भी अंधेरा और ज्यादा घना हो गया था। वह बिना सोचे-समझे एक दिशाहीन रास्ते पर चल पड़ा था। उसे नहीं पता था कि उसे जाना कहां है। बस वह एक दिशा में चलता जा रहा था।

सुनसान सड़क पर जब कोई वाहन पास से गुजरता तो उसे लगता कि वह अकेला नहीं है। लेकिन पल भर में ही उसका भ्रम मिट जाता। सुबह होने में

अभी देर थी। सड़क के पास के जाने-पहचाने मकान भी उसे भिखमंगे कोढ़ियों की जमात जैसे दिख रहे थे। वह इस कल्पना से ही सिहर उठा था। उसका दिल बैठा जा रहा था। उसे लग रहा था जैसे किसी ने उसके जिस्म में पिघला हुआ गर्म सीसा उंडेल दिया है जो उसकी रक्त-शिराओं को भीतर ही भीतर जला रहा था। वह जोर-जोर से चीखना चाहता था, लेकिन ऐसा करने की हिम्मत भी जवाब दे चुकी थी।

अचानक उसे लगा, वह रेलवे लाइन के पास आ गया है। उसके मन में अचानक एक विचार कौंधा। कोई न कोई ट्रेन इस रास्ते से जरूर आएगी। क्यों न रेल की पटरी पर लेटकर इस अभिशप्त जीवन को ही खत्म कर दिया जाए। पिताजी का भय भी खत्म हो जाएगा और भाई-बहनों, मां को भी जिल्लत नहीं झेलनी पड़ेगी। वह रेल की पटरी पर बैठकर रेलगाड़ी के आने की प्रतीक्षा करने लगा था।

वहां बैठे हुए उसे काफी देर हो गई थी। दूर-दूर तक किसी भी रेलगाड़ी के आने का कोई संकेत नहीं था। अचानक उसे मां की याद आने लगी। क्या रात में मुझे घर के भीतर न पाकर मां ने पिताजी से पूछताछ की होगी? पिताजी ने क्या कहा होगा? वह कल्पना करने की कोशिश करने लगा था।

दिन का उजाला फैलने लगा। रेलवे लाइन पर पड़ी पत्थर की रोड़ियां साफ-साफ दिखने लगी थीं। पूरब दिशा में सूरज का गोला भी अब धीरे-धीरे ऊपर उठने की कोशिश कर रहा था। सुबह की ताजगी से उसके मन पर छाई नैराश्य की पर्त थोड़ी सुस्त पड़ने लगी थी। उसके सोचने-समझने की शक्ति में जैसे अचानक तबदीली आ गई थी। उसके मन में पिताजी के प्रति जो घृणा का भाव उपजा था, उसे समझने और पिताजी के तर्क को जानने की कोशिश वह करने लगा था। उसके मन में अचानक मां का खयाल दस्तक देने लगा था। मुझे घर में न पाकर मां क्या करेंगी? रोएंगी-धोएंगी, पिताजी के डांटने पर चुप होकर रसोई में चली जाएंगी और फिर अकेले में आंसू बहाएंगी...उसे महसूस हुआ जैसे मां आवाज दे रही है '...गुड्डू कहां हो...?' वह अभी सोच ही रहा था कि रेलगाड़ी के आने की आवाज सुनाई पड़ी। वह उठकर खड़ा हो गया था। मां का खयाल अभी भी उसके दिलोदिमाग पर छाया था। उसे लगा, मरकर भी क्या होगा। यदि जिंदगी ऐसे ही चलनी है तो इसे भी जीकर देखते हैं। उसने एक झटके में आत्महत्या के विचार को अपने दिमाग से बाहर निकालकर फेंक दिया था। वह धीरे-धीरे रेल की पटरी के साथ-साथ चलने लगा था।

कुछ ही देर बाद ट्रेन एकदम पास आ गई थी। उसने ट्रेन की ओर देखा। ट्रेन तेज रफ्तार से आ रही थी। वह पटरी से थोड़ा हटकर खड़ा हो गया था। कुछ दूर जाकर अचानक ट्रेन रुक गई थी और जोर-जोर से सीटी बजा रही थी। शायद आगे जाने का सिगनल नहीं मिला था। उसे लगा कि ट्रेन उसके लिए ही रुकी है। उसने ट्रेन की ओर दौड़ लगा दी थी। ट्रेन लगातार सीटी बजा रही थी। संयोग से एक डिब्बे का दरवाजा खुला था। वह जल्दी से उसमें चढ़ गया था।

डिब्बे में काफी भीड़ थी। कहीं भी बैठने की जगह खाली नहीं थी। रास्ते में भी सामान अटा हुआ था। वह दरवाजे के पास ही दीवार से सटकर खड़ा हो गया था। उसे पता नहीं था, यह गाड़ी कहां जा रही है। उसके मन में यह जानने की ज्यादा उत्सुकता भी नहीं थी। उसने खुद को हालात के हवाले कर दिया था। उसके मस्तिष्क में यह बात बैठ गई थी कि जब बाप ने ही मेरे बारे में इतना बड़ा निर्णय लेते समय मेरे जीवन के बारे में कुछ नहीं सोचा तो फिर अब क्या फर्क पड़ता है कि यह रेलगाड़ी कहां जाएगी। कहीं तो जाएगी ही। यहां से तो बाहर निकलें ताकि परिवार की समस्या तो खत्म हो। अब जहां तक जाएगी देखा जाएगा। देखते हैं, जिंदगी कहां लेकर जाएगी। कुछ इसी तरह की उधेड़बुन में वह डूबा हुआ था। जेब में एक भी पैसा नहीं था। पिताजी ने जो रुपए दिए थे, उन्हें भी वह वहीं छोड़कर निकल आया था। इन्हीं विचारों में खोया वह भविष्य की दुश्चिंताओं पर ज्यादा नहीं सोच रहा था। वह एकटक बाहर देख रहा था। जंगल, रास्ते, घर, गांव, सब कुछ जैसे ट्रेन की विपरीत दिशा में दौड़ रहे थे। वह पहली बार घर से अकेला निकला था। लेकिन मन में जो भी भय था उसे झटककर उसने दूर फेक दिया था। वह प्रत्येक बंधन से मुक्त हो चुका था। जो भी होगा देखा जाएगा। इसी जिंदगी को अब जीना है तो फिर क्यों डरना, यही विचार उसे शक्ति दे रहा था।

उसे याद नहीं कि वह कब और कैसे ट्रेन से उतरकर स्टेशन से बाहर आ गया था। वह सीधे रेलवे लाइन से चलता-चलता शहर के एक ऐसे स्थान पर पहुंच गया था, जहां भीड़ ही भीड़ थी। सड़क के दोनों किनारे खोमचे वालों की लंबी कतारें थीं। सड़क पर वाहन इतनी तेजी से दौड़ रहे थे कि देखकर ही वह भीतर तक हिल गया था। इसी जगह पर आकर वह रुक गया था। उसे नहीं पता था कि उसे जाना कहां है।

उसे घर छोड़े तीन महीने हो गए थे। ये तीन महीने उसने सड़कों पर भटकते हुए, छोटे-मोटे काम करके, पेट की भूख शांत करने के लिए, कभी दो-दो दिन सिर्फ पानी पीकर रह जाना, जहां जगह मिले सो जाना। कई जगह उसने काम भी मांगा लेकिन उसके शरीर में हो रहे परिवर्तन अब साफ-साफ दिखाई देने लगे थे जिन्हें छिपाना बहुत मुश्किल था, जिसके कारण लोग उससे दूर रहने की कोशिश करते थे। और कोई भी उसे काम देने को तैयार नहीं होता था। कुष्ठ रोगियों के बारे में समाज में फैली भ्रांतियों के कारण ही ऐसा होता था। कई बार उसे वे सब काम भी करने पड़े थे जिन्हें उसके पारिवारिक संस्कारों में निकृष्ट माना जाता था। एक रोज तो एक दुकानदार ने उसके हाथ में झाड़ू देकर कहा था कि दुकान के सामने का रास्ता ठीक से साफ कर दे, बदले में दो रुपए मिलेंगे। उसने उस रोज सफाई करके दो रुपए कमा लिए थे। लेकिन ज्यादातर लोग उसे काम देने के बजाय भगा देते थे। उन्हें लगता था कि कोढ़ी को पास रखने से छूत लग सकती है। भूख से लड़ने के लिए वह कोई भी काम करने को तैयार था। लेकिन सामाजिक मान्यताओं के चलते उसे कोई काम भी नहीं मिल रहा था। कभी-कभी ऐसी स्थिति भी आई कि जब उसे कई-कई दिन कुछ भी खाने को नहीं मिला था। वह भूखा-प्यासा इधर-उधर भटक रहा था। उसने कभी इस निकृष्ट जीवन की कल्पना भी नहीं की थी। लेकिन हालात ने उसे मजबूर कर दिया था।

एक रोज उसने सड़क के किनारे-किनारे लाइन से जाते अनेक स्त्री-पुरुषों को देखा। वे सभी कुष्ठ रोगी थे। वह उनके पीछे-पीछे चल दिया था। वे सब एक मंदिर के पास जाकर रुक गए थे। वह भी उनके साथ वहीं रुक गया था। किसी नए लड़के को देखकर एक बुजुर्ग कुष्ठ रोगी उसके पास आया। उसे वहां बैठे देखकर बोला, "तू कौन है? यहां कैसे आ गया?"

पहले तो वह चुप ही रहा। लेकिन काफी डांट-फटकार के बाद उसने मुंह खोला और अपनी बीती बयान कर दी, जिसे सुनकर उस बुजुर्ग के चेहरे के भाव बदल गए थे। उसे नए लड़के से थोड़ी सी सहानुभूति हुई थी। उसने कहा, "कितने दिन से यह तकलीफ है?"

"जी, लगभग आठ-नौ महीने हो गए हैं।" लड़के ने डरते-डरते कहा।

"ठीक है। कल चलकर डॉक्टर से बात करते हैं। चिंता मत करो। ठीक हो जाओगे," बुजुर्ग ने शांत मन से कहा, "कहीं जाना मत, यहीं रहना। मैं डॉक्टर से बात करूंगा।"

इस तरह हालात से तंग आकर वह कुष्ठ रोगियों की जमात में शामिल होकर कुष्ठ रोग अस्पताल पहुंच गया था, जहां सुव्यवस्थित तरीके से उसका इलाज शुरू हो गया था। अस्पताल में बहुत से ऐसे रोगी भी थे जिनकी उम्र बहुत ज्यादा थी और शारीरिक रूप से काफी विकृत हो चुके थे। लेकिन फिर भी उनका इलाज चल रहा था और वे स्वस्थ होकर एक सामान्य जीवन जीने की उम्मीद किए हुए थे। पंकज की उम्र के भी कई लड़के और लड़कियां अस्पताल में थे। उन सबकी कहानी पंकज जैसी थी। घर-परिवार से परित्यक्त। उनमें से ज्यादातर ने अपना नाम और परिवार की पहचान बताने से इनकार कर दिया था। यानी उनकी सिर्फ एक ही पहचान थी–कुष्ठ रोगी। जिस पीड़ा और मानसिक व्यथा से वे जूझ रहे थे उसे समझ पाना आसान नहीं था। उन्हें सिर्फ शारीरिक कष्टों से ही नहीं, मानसिक कष्टों से भी गुजरना पड़ रहा था। हर एक का जीवन भयानक त्रासदियों से भरा जीवन था जहां सिर्फ दहकते अंगारे थे। पीछे छूट गई पृष्ठभूमि को कोई भी याद करने के लिए तैयार नहीं था।

अतीत उनके लिए अंधेरे का दलदल था जिससे बाहर निकल पाना इतना आसान नहीं था। और यही सच्चाई भी थी कि घर-परिवार, समाज उन्हें इंसान मानने को तैयार नहीं था। ऐसे में कुष्ठ रोगी अस्पताल और डॉक्टर उनके लिए सबसे बड़ी नियामत थे जिन्हें पाकर वे अपने दुःख-दर्द भूल जाना चाहते थे।

कुछ महीनों के इलाज के बाद पंकज ठीक हो गया था। लेकिन इलाज में काफी देर हो गई थी इसलिए शरीर के अंगों में जो विकृतियां आ गई थीं, वे ठीक नहीं हो सकती थीं। उसे अस्पताल से एक पुनर्वसन केंद्र में भेजा गया था। उसके साथ और भी कई स्त्री-पुरुष थे। सुनीता भी थी, जो उसी की हमउम्र थी। वे इलाज के दौरान ही एक-दूसरे से परिचित हुए थे। लेकिन दोनों ने अपना अतीत अभी तक एक-दूसरे को नहीं बताया था। पुनर्वसन केंद्र में उन्हें आत्मनिर्भर बनाने के लिए कुछ कार्यक्रम थे, जहां उन्हें कुछ दिन रहना था। उसके बाद जहां वे जाना चाहें जा सकते थे।

इन कार्यक्रमों के दौरान ही पंकज और सुनीता में निकटता बढ़ने लगी थी। लेकिन दोनों ने अपने अतीत पर कोई भी चर्चा एक-दूसरे से नहीं की थी। शायद दोनों के जीवन का वह दुःखद पहलू था, जिसे याद करने से दोनों ही बच रहे थे।

कुछ दिनों बाद वे दोनों कुष्ठ रोगी बस्ती में आ गए थे जहां उन्हें भी थोड़ी सी जगह मिल गई थी। और नए सिरे से अब उन्हें अपनी जिंदगी की शुरुआत करनी थी। पंकज और सुनीता ने मिलकर एक साथ रहना शुरू कर दिया था और एक आत्मनिर्भर जीवन की ओर बढ़ने लगे थे। पंकज को पढ़ना-लिखना आता था। सुनीता को स्कूल जाने का कभी मौका नहीं मिला था। लेकिन फिर भी उन दोनों के बीच एक सहमति बन गई थी। उनका जीवन एक खास ढर्रे पर चल निकला था। बाकी कुष्ठ रोगियों की तरह वे भीख पर आश्रित नहीं थे। दोनों अपने अतीत से मुक्त होकर जीने की कोशिश करने लगे थे।

एक रोज कुछ ऐसा घटित हुआ कि सुनीता स्वयं को रोक नहीं पाई थी। ऐसे ही भावुक क्षणों में उसने पंकज के सामने अपने अतीत को उघाड़कर रख दिया था। कुछ भी नहीं छिपाया था।

एक छोटे से गांव के दलित परिवार में जनमी सुनीता के हाथ-पांव में जब कुष्ठ रोग के लक्षण दिखने लगे तो उसके बापू अस्पताल ले जाने के बहाने किसी अनजान जगह पर छोड़कर चुपचाप गायब हो गए थे। वह अकेली खड़ी, सामने से आते तूफान को देख रही थी। उसे यकीन ही नहीं हो रहा था कि उसके बापू जो उसे बेहद प्यार करते थे, इस तरह बिना बताए छोड़कर चले जाएंगे। वह उसी जगह बैठी, भूखी-प्यासी अपने बापू के लौटकर आने का इंतजार करती रही थी, आखिर बापू नहीं आए। तो उसने अपने इस रोग को ही अपना साथी बना लिया था। उसकी आंखों में जो पहले रोज आंसू थे, वे अब सूख चुके थे। तमाम निराशाओं और हताशाओं के बाद भी उसने जीवन से लड़ने की ठान ली थी। कई महीनों के संघर्ष और जीने की उत्कट लालसा ने उसे कुष्ठ रोग अस्पताल में पहुंचा दिया था जहां उसकी मुलाकात पंकज से हुई थी। उसकी दारुण कथा और पंकज की व्यथा-कथा में काफी समानता थी।

एक ऐसा समय भी आया जब दोनों की खुशियों को पंख लग गए थे। उनके जीवन में एक बच्चा आ गया था जो कुष्ठ रोग के लक्षणों से मुक्त था। डॉक्टर ने साफ कह दिया था कि वह एकदम स्वस्थ है। उन दोनों के जीवन का उद्देश्य ही बदल गया था और उनका पूरा ध्यान अपने बेटे की परवरिश पर केंद्रित हो गया था। सुनीता ने भविष्य की कल्पनाएं भी कर डाली थीं, 'उसे पढ़ा-लिखाकर एक बड़ा आदमी बनाना है।'

लेकिन पंकज जानता था, यह इतना आसान नहीं है। बहुत कांटों भरा रास्ता है। और वही हुआ, जब वह स्कूल जाने योग्य हुआ तो पंकज उसे एक स्कूल में दाखिला कराने के लिए ले गया, तो स्कूल ने साफ मना कर दिया कि कुष्ठ रोगियों के बच्चे को हम स्कूल में दाखिला नहीं दे सकते। पंकज और सुनीता ने कोई भी ऐसा स्कूल नहीं छोड़ा था जहां वे जा सकते थे, लेकिन सभी जगह से निराशा ही हाथ लगी थी। वे हताश हो गए थे। एक बार फिर वे समाज की प्रताड़ना और उपेक्षा के शिकार होकर गहरे अवसाद से भर गए थे।

उन्हें लगा कि उनके अभिशप्त जीवन ने उनके बच्चे का भविष्य भी खराब कर दिया है। उस रोज सुनीता को पहली बार लगा कि वह हार गई है।

इसी बीच पंकज की मुलाकात एक मिशनरी संस्था के व्यक्ति से हुई। जब उसने पंकज की व्यथा सुनी तो उसने कहा कि मैं अपनी संस्था से बात करके देखता हूं, शायद कोई रास्ता निकल आए।

संस्था ने पंकज और सुनीता के सामने एक शर्त रख दी थी–हम आपके बेटे को सिर्फ स्कूल में दाखिल ही नहीं कराएंगे बल्कि उसकी पढ़ाई का भी सारा खर्च देंगे, लेकिन आपके बेटे को ईसाई बनना पड़ेगा। यदि मंजूर हो तो ठीक है। यह कोई सौदा नहीं है बल्कि जिन सामाजिक दंशों से आप लोग गुजर रहे हैं, उससे आपका बेटा मुक्त होकर एक सामान्य जीवन जीएगा। पंकज ने सुनीता की ओर देखा। सुनीता ने कहा, "जिस धर्म में हम पैदा हुए हैं उसने तो हमें इंसान भी नहीं माना। धर्म ही नहीं, परिवार ने भी तो हमें लावारिस बनाकर छोड़ दिया, सड़कों पर मर जाने के लिए। यदि मेरे बेटे को अच्छी जिंदगी मिली है, तो मैं कुछ भी करने को तैयार हूं।" सुनीता की आंखें छलछला आई थीं। उसकी आंखों में छिपे आत्मविश्वास को पनपते हुए पंकज ने महसूस कर लिया था। पंकज ने कहा–लेकिन वह रहेगा तो हमारे ही पास न?

"हां, बेटा आपका ही रहेगा। बस चर्च में जाकर उसका बपतिस्मा होगा। और उसके बाद उसी दिन एक अच्छे स्कूल में उसका दाखिला करा दिया जाएगा।" संस्था के प्रतिनिधि ने आश्वासन दिया।

बपतिस्मा के समय उनके बेटे का नाम पीटर हो गया था। स्कूल का फॉर्म भरते हुए जब फादर ने पंकज और सुनीता का नाम पूछा तो दोनों ने चुप्पी साध ली थी। पंकज ने सिर्फ इतना ही कहा था–जो चाहे लिख दें, हमारा कोई नाम नहीं है। सिर्फ कुष्ठ रोगी के रूप में ही पहचाने जाते हैं। हां, अस्पताल में एक नंबर था, आप चाहें तो वही लिख लें। फादर ने उनकी ओर गहरे दुःख के साथ

देखा। कुछ क्षण की खामोशी के साथ बोला, "अच्छा, सरनेम क्या लिखना है?"

पंकज ने सुनीता की ओर देखते हुए कहा, "तुम्हारा कोई सरनेम रहा होगा वही लिखा देते हैं।"

"मेरा जन्म एक दलित परिवार में हुआ था जिसे मैं बहुत पीछे छोड़ आई हूं। अब उसकी याद मत दिलाओ। आपका कोई सरनेम हो तो वही लिखा दो।" सुनीता ने दुखी स्वर में कहा था।

पंकज भी कुछ पल के लिए खामोश हो गया था। वह गहरे अंतर्द्वंद्व में फंस गया था जिससे बाहर निकलने में उसे वक्त लगा था। अपने अंदर की गहन पीड़ा को समेटते हुए उसने कहा था, "फादर, मिश्रा लिख दो।"

इस तरह पंकज और सुनीता के बेटे का नाम हुआ–'पीटर मिश्रा'।

बस, यही है मेरी कहानी। आप इस पर क्या सोचते हैं, मुझे पता नहीं। लेकिन मेरे लिए यह किसी भी तरह हीनताबोधक नहीं है बल्कि मेरी प्रेरणा है।

पीटर खामोश हो गया था।

उसकी यह दास्तां सुनकर मैं बहुत गहरे तक हिल गया था। मुझे लगा जैसे मेरे पांव तले जमीन धसक रही है और मैं किसी गहरे खड्ड में जा गिरा हूं। पीटर शांत मुद्रा में मेरी तरफ देख रहा था, जिससे नजरें मिलाने की हिम्मत मुझमें नहीं रह गई थी।

# शवयात्रा

चमारों के गांव में बल्हारों का एक परिवार था, जो जोहड़ के पार रहता था। चमारों और बल्हारों के बीच एक सीमारेखा की तरह था जोहड़। बरसात के दिनों में जब जोहड़ पानी से भर जाता था तब बल्हारों का संपर्क गांव से एकदम कट जाता था। बाकी समय में कम पानी हो जाने से किसी तरह वे पार करके गांव पहुंचते थे। यानी बल्हारों के गांव तक जाने का कोई रास्ता नहीं था। रास्ता बनाने की जरूरत कभी किसी ने महसूस ही नहीं की थी।

जब किसी चमार को उनकी जरूरत पड़ती तो जोहड़ के किनारे खड़े होकर आवाज लगा देता। जोहड़ इतना बड़ा भी नहीं था कि बल्हारों तक आवाज ही न पहुंचे। आवाज सुनकर वे बाहर आ जाते थे।

परिवार में सिर्फ दो जन ही रह गए थे–सुरजा, जिसकी उम्र ढल चुकी थी; और उसकी बेटी संतो, जो शादी के तीसरे साल में ही विधवा होकर मायके लौट आई थी। सुरजा की घरवाली को मरे भी तीन साल हो गए थे। घर-बाहर की तमाम जिम्मेदारियां संतो ने संभाल रखी थी। सुरजा वैसे भी काफी कमजोर हो चला था। उसे सूझता भी कम था। लेकिन फिर भी गांव के छोटे-मोटे काम वह कर ही देता था।

सुरजा का एक बेटा भी था, जो दस-बारह साल की उम्र में ही घर छोड़कर भाग गया था। कुछ साल इधर-उधर भटकने के बाद उसे रेलवे में नौकरी मिल गई थी। इस नौकरी ने ही उसे पढ़ने-लिखने की ओर आकर्षित किया था। किसी तरह उसने हाईस्कूल करके तकनीकी प्रशिक्षण लिया और रेलवे में ही फिटर हो गया था। नाम था कल्लू, जो अब कल्लन हो गया था।

जब संतो की शादी हुई थी, सारा खर्च कल्लन ने ही उठाया था। सुरजा के पास तो फूटी कौड़ी भी नहीं थी। कल्लन की शादी भी रेलवे कॉलोनी में ही हो गई थी। उसके ससुर रेलवे में ही थे। उसे पढ़ी-लिखी पत्नी मिली थी,

जिसके कारण उसके रहन-सहन में फर्क आ गया था। उसके जीवन का ढर्रा ही बदल गया था।

गांव वह यदा-कदा ही आता था। लेकिन जब भी वह गांव आता, चमार उसे अजीब-सी नजरों से देखते थे। कल्लू से कल्लन हो जाने को वे स्वीकार नहीं कर पा रहे थे। उनकी दृष्टि में वह अभी भी बल्हार ही था, समाज-व्यवस्था में सबसे नीचे यानी अछूतों में भी अछूत।

गांव में वह अपने आप को अकेला महसूस करता था। परिवार से बाहर एक भी ऐसा व्यक्ति नहीं था, जिससे वह दो घड़ी बतिया सके। गांव के पढ़े-लिखे लोग भी उससे कटे-कटे रहते थे। आखिर वह था तो बल्हार ही, जोहड़ पार रहने वाला। गांव वाले उसे कल्लू बल्हार ही कहकर बुलाते थे। उसे यह संबोधन अच्छा नहीं लगता था। नश्तर की तरह उसे बींधकर हीनभावना से भर देता था।

इस बार वह काफी दिन बाद गांव आया था। उसने आते ही सुरजा से कहा, "बापू, मेरे साथ दिल्ली चलो। सरकारी मकान में सब एक साथ रह लेंगे।"

"ना बेट्टे, इब आखरी बखत में यो गांव क्यूं छुड़वावे...पुरखों ने यहां आक्के किसी जमान्ने में डेरा डाल्ला था। यहीं मर-खप्प गए, इसी माट्टी में। इस जोहड़ की ढैंग पे रहके जिनगी काट दी। इब कहां जांगे," सुरजा ने आंखें मिचमिचाकर अपने मन की बात कही थी, जैसे अतीत में वह कुछ ढूंढ़ रहा था।

कल्लन ने संतो की ओर देखा। वह तो चाहती थी, इस जहालत से छुटकारा मिले। लेकिन बापू की बात काटने का उसमें न कभी पहले हौसला था, न अब है, बस चुपचाप बैठकर पैर के अंगूठे से मिट्टी कुरेदने लगी थी। जैसे उसका सोच उसे कहीं बहुत दूर ले जा रहा था, जहां दूर-दूर तक भी कोई किनारा दिखाई नहीं पड़ता था। कल्लन ने जोर देकर कहा, "बापू, यहां ना तो इज्जत है, ना रोटी, चमारों की नजर में भी हम सिर्फ बल्हार हैं...यहां तुम्हारी वजह से आना पड़ता है...मेरे बच्चे यहां आना नहीं चाहते...उन्हें यहां अच्छा ही नहीं लगता..."

उसकी बात बीच में ही काटकर सुरजा बोला, "तो बेट्टे, हिंया मत आया कर...म्हारी तो कट जागी इसी तरह। बस, संतो की फिकर है। यो अकेल्ली रह जागी...यो टूटा-फूटा घर भी शायद अगली बारिश ना देख पावे। तुझे जो म्हारी चिंता है, तो तू इस घर कू पक्का बणवा दे..." सुरजा के मन में यह बात कई बार आई थी। लेकिन कह नहीं पाया था। आज मौका पाकर कह दिया।

"बापू, मेरे पास जो दो-चार पैसे हैं, उन्हें यहां लगाकर क्या होगा। आपके बाद मैं तो यहां रहूंगा नहीं...संतो मेरे साथ दिल्ली चली जाएगी," कल्लन ने

साफ-साफ कह दिया।

सुनते ही सुरजा भड़क गया। उसके मुंह से गालियां फूटने लगीं। चिल्लाकर बोला, "तू, मेरे मरने का इंतजार भी क्यूं करै है...इसे आज ही ले जा। और हां, अपणे पैसों की धौंस मुझे ना दिखा...अपने धौरे रख...जहां इतनी कटगी है, आगे बी कट ही जागी।"

उन दोनों के बीच जैसे अचानक संवाद-सूत्र बिखर गए थे। खामोशी उनके इर्द-गिर्द फैल गई थी।

सुबह होते ही कल्लन दिल्ली चला गया था। पैसों का बंदोबस्त करके वह हफ्ते भर में लौट आया था। साथ में पत्नी सरोज और दस साल की बेटी सलोनी भी आई थी। बेटे को वे उसकी ननिहाल में छोड़कर आ गए थे। कल्लन ने आते ही बापू से कहा, "किसी मिस्तरी से बात करो। कल ईंटों का ट्रक आ जाएगा।" सुनते ही सुरजा की आंखों में चमक आ गई थी। उसे कल्लन की बात पर विश्वास ही नहीं हुआ था। लेकिन कल्लन ने उसे विश्वास दिला दिया था। वह उसी वक्त मिस्तरी की तलाश में निकल पड़ा था।

गांव में ज्यादातर मकान सूरतराम ठेकेदार ने बनाए थे। सुरजा उसी के पास पहुंचा, "ठेकेदार जी, म्हारा भी एक मकान बणा दो।"

सूरतराम ने पहले तो सुरजा को ऊपर से नीचे तक देखा। तन पर ढंग का कपड़ा नहीं और चला है पक्का मकान बनवाने। सूरतराम जल्दी में था। उसे कहीं जाना था। उसने हंसकर सुरजा को टाल दिया, "आज तो टेम ना है, फिर बात करेंगे।"

सुरजा ने हार नहीं मानी। सुबह ही वह मुंहअंधेरे निकल पड़ा था। पास के गांव में साबिर मिस्तरी था। पुराना कारीगर है। सुरजा ने उसे अपने आने का मकसद बताया। साबिर मान गया था, "ठीक है, मैं कल आके देख लूंगा। अपना मेहनताना पेशगी लूंगा।"

"ठीक है मिस्तरी जी। कल आ जाओ...जोहड़ पे ही म्हारा घर है," सुरजा अपनी खुशी छिपा नहीं पा रहा था। लौटते समय उसके पांव जमीन पर नहीं पड़ रहे थे। कमजोर शरीर में भी जैसे स्फूर्ति भर गई थी।

जब तक वह लौटकर घर पहुंचा, ईंटें आ चुकी थीं। लाल-लाल ईंटों को देखकर सुरजा अपनी थकावट भूल गया था। वह उल्लास से भर उठा था। उसने ऐसी खुशी इससे पहले कभी महसूस नहीं की थी।

जोहड़ पार ईंटें उतरती देखना गांव के लिए किसी आश्चर्य से कम नहीं

था। पूरे गांव में जैसे भूचाल आ गया था। गांव के कई लोग जोहड़ के किनारे खड़े थे।

रामजीलाल कीर्तन सभा का प्रधान था। रविदास जयंती पर रात भर कीर्तन चलता था। भीड़ में वह भी खड़ा था। जब उससे रहा नहीं गया तो चिल्लाकर बोला, "अबे, ओ! सुरजा...यो इंटे कोण लाया है?"

सुरजा ने उत्साहित होकर कहा, "अजी बस, म्हारा कल्लण पक्का घर बणवा रिया है।"

रामजीलाल की आंखें फटी की फटी रह गईं। अपने भीतर उठते ईर्ष्या-द्वेष को दबाकर उसने कहा, "यो तो चोखी बात है सुरजा...पर पक्का मकान बणवाने से पहले परधान जी से तो पूछ लिया था या नहीं?"

रामजीलाल की बात तीर की तरह सुरजा के सीने में उतर गई। उसे लगा, जैसे कोई सूदखोर साहूकार सामने खड़ा धमकी दे रहा है। गुस्से पर काबू पाने का असफल प्रयास करते हुए सुरजा गुर्राया, "परधान से क्या पूछणा?"

"फेर भी पूछ तो लेणा चाहिए था," कहकर रामजीलाल तो चला गया लेकिन सुरजा को संशय में डाल गया था।

रामजीलाल सीधा प्रधान के पास पहुंचा। जोहड़ पार के हालात नमक-मिर्च लगाकर उसने प्रधान बलराम सिंह के सामने रखे। बलराम सिंह ने उस वक्त कोई प्रतिक्रिया जाहिर नहीं की। सिर्फ सिर हिलाकर मूंछों पर हाथ फेरता रहा। प्रधान भी घाघ था। वह रामजीलाल की फितरत से वाकिफ था। उसके चले जाने के बाद वह कुछ गमगीन-सा हो गया था। सुरजा बल्हार पक्का मकान बनवा रहा है, यह बात उसे बेचैन करने के लिए काफी थी। वैसे भी सुरजा गांव के लिए अब उतना उपयोगी नहीं था।

यह खबर पूरे गांव में फैल गई थी, जोहड़ पार बल्हारों का पक्का मकान बन रहा है। रेलवे की कमाई है, ईंटों का ट्रक आ गया है। सीमेंट, रेत, बजरी, सरिए आ रहे हैं। बात फैलते-फैलते इतनी फैल गई कि मकान नहीं, गांव की छाती पर हवेली बनेगी। खिड़की-दरवाजों के लिए सागौन की लकड़ी आ रही है, सुना है रंगीन संगमरमर के टाइल भी आ रहे हैं। जितने मुंह उतनी बातें।

अगले दिन सुबह ही प्रधान का आदमी आ धमका था जोहड़ के किनारे। सुरजा को मन मारके उसके साथ जाना पड़ा।

सुरजा को देखते ही बलराम सिंह चीखा, "अंटी में चार पैसे आ गए तो अपनी औकात भूल गया। बल्हारों को यहां इसलिए नहीं बसाया था कि हमारी

छाती पर हवेली खड़ी करेंगे...वह जमीन जिस पर तुम रहते हो, हमारे बाप-दादों की है। जिस हाल में हो...रहते रहो...किसी को एतराज नहीं होगा। सिर उठा के खड़ा होने की कोशिश करोगे तो गांव से बाहर कर देंगे।"

बलराम सिंह का एक-एक शब्द बुझे तीर की तरह सुरजा के जिस्म को छलनी-छलनी कर गया था। सुरजा की आंखों के सामने जिंदगी के खट्टे-मीठे दिन नाचने लगे। जैसे कल ही की बात हो। क्या नहीं किया सुरजा ने इस गांव के लिए, और बलराम चुनाव के दिनों में एक-एक वोट के लिए कैसे मिन्नतें करता था, तब सुरजा बल्हार नहीं, सुरजा ताऊ हो जाता था। सुरजा ने एक सर्द सांस छोड़ी। बिना कोई जवाब दिए वापस चल दिया। बलराम सिंह ने आवाज देकर रोकना चाहा लेकिन वह रुका नहीं। बलराम सिंह की चीख अब गालियों में बदल गई, जो बाहर तक सुनाई पड़ रही थी।

घर पहुंचते ही सुरजा ने कल्लन से कहा, "तू सच कहवे था कल्लू...यो गांव रहणे लायक ना है।" उसकी लंबी मूंछें गुस्से में फड़फड़ा रही थीं। आंखों के कोर भीगे हुए थे।

"बापू, अभी भी कुछ नहीं बिगड़ा...ये ईंटें तो कोई भी खरीद लेगा, ये मकान बनने नहीं देंगे," कल्लन ने सुरजा को समझाने की कोशिश की। लेकिन सुरजा ने भी जिद पकड़ ली थी, वह झुकेगा नहीं। जो होगा देखा जाएगा। उसने मन ही मन दोहराया।

"ना बेट्टे, मकान तो इब बणके रहवेगा...जान दे दूंगा, पर यो गांव छोड़के ना जाऊंगा," सुरजा ने गहरे आत्मविश्वास से कहा।

कल्लन अजीब-सी दुविधा में फंस गया था। भावावेश में आकर वह ईंटें तो ले आया था, पर गांव के हालात देखकर उसे डर लग रहा था। कहीं कोई बावेला न उठ खड़ा हो। पत्नी सरोज और बेटी सलोनी साथ आ गए थे। लेकिन सलोनी को यहां आते ही बुखार हो गया था। सरोज के पास जो दो-चार गोलियां थीं, वे दे दी थीं सलोनी को। लेकिन बुखार कम नहीं हुआ था। सरोज का मन घबरा रहा था। वह लगातार कल्लन से जाने की जिद कर रही थी, "बेकार यहां मकान पर पैसा लगा रहे हो। संतो हमारे संग रहेगी। बापू को समझाओ।" लेकिन कल्लन सुरजा को समझाने में असमर्थ था। उसने सरोज से कहा, "अब, आखिरी बखत में बापू का जी दुखाना क्या ठीक होगा?" सरोज चुप हो गई थी।

सुरजा ने रात भर जागकर ईंटों की रखवाली की थी। एक पल के लिए भी आंखें नहीं झपकी थीं। सुबह होते ही वह साबिर मिस्तरी को बुलाने चल दिया था। सुरजा को डर था, कहीं कोई उसे उलटी-सीधी पट्टी न पढ़ा दे, उसे अब किसी पर भी विश्वास नहीं था।

सलोनी का बुखार कम नहीं हो रहा था। सरोज ने कल्लन से किसी डॉक्टर को बुलाने के लिए कहा। गांव भर में सिर्फ एक डॉक्टर था। कल्लन उसे ही बुलाने के लिए चल दिया।

कल्लन को देखते ही डॉक्टर ने मना कर दिया। सामान्य पूछताछ करके कुछ गोलियां पुड़िया में बांधकर दे दी। कल्लन ने बहुत मिन्नतें की, "डॉक्टर साहब, एक बार चलके तो देख लो?" डॉक्टर टस से मस नहीं हुआ। कल्लन ने कहा, "मरीज को यहीं आपके क्लीनिक में लेकर आ जाता हूं।"

"नहीं...यहां मत लाना...कल से मेरी दुकान ही बंद हो जाएगी। यह मत भूलो, तुम बल्हार हो," डॉक्टर ने साफ-साफ चेतावनी दी, "ये दवा उसे खिला दो, ठीक हो जाएगी।"

कल्लन निराश लौट आया था। डॉक्टर ने जो गोलियां दी थीं, वे भी असरहीन थीं। बुखार से बदन तप रहा था। तेज बुखार के कारण वह लगातार बड़बड़ा रही थी। संतो उसकी सेवा-टहल में लगी थी। एक मिनट के लिए भी वहां से नहीं हटी थी। सरोज की चिंता बढ़ रही थी। उसके मन में तरह-तरह की शंकाएं उठ रही थीं।

सुरजा सुबह का गया दोपहर बाद लौटा था थका-हारा, हताश। उसे इस हालत में देखकर कल्लन ने पूछा, "क्या हुआ बापू?" सुरजा ने निढाल स्वर में कहा, "होणा क्या था? मिस्तरी कहीं दूर रिश्तेदारी में गया है। दस-पंद्रह दिन बाद आवेगा...बेट्टे! मुझे ना लगे इब वो आवेगा।" सुरजा ने अपने मन की हताशा जाहिर की।

"क्यों बापू, हम तो उसकी मेहनत का पैसा उसे पेशगी दे रहे थे, फिर भी वह मुकर गया," कल्लन ने ताज्जुब जाहिर किया।

"गांव के ही किसी ने उसे रोका होगा...साबिर ऐसा आदमी तो ना है...वह भी इनसे डर गिया दिक्खे," सुरजा ने गहरे अवसाद में डूबकर कहा। दोनों गहरी चिंता में डूब गए थे।

"सलोनी का जी कैसा है?" सुरजा ने पूछा।

"उसकी तबीयत ज्यादा ही बिगड़ गई है। अस्पताल ले जाना पड़ेगा,"

कल्लन ने चिंता व्यक्त की।

"किसी झाड़-फूंक वाले कू बुलाऊं...कहीं कुछ ओपरा ना हो?" सुरजा ने मन की शंका जताई।

"नहीं, बापू...मैं कल सुबह ही उसे लेकर शहर जाऊंगा। बस, आज की रात ठीक-ठाक कट जाए," कल्लन के स्वर में गहरी पीड़ा भरी हुई थी। सुरजा ने उसे ढाढ़स बंधाया।

पूरी रात जागते हुए कटी थी। सलोनी की तबीयत बहुत ज्यादा बिगड़ गई थी। सुबह होते ही कल्लन ने सलोनी को पीठ पर लादा। उसके इर्द-गिर्द ठीक से कपड़ा लपेटा। सरोज साथ थी। वे धूप चढ़ने से पहले शहर पहुंच जाना चाहते थे।

शहर गांव से लगभग आठ-दस किलोमीटर दूर था। आने-जाने का कोई साधन नहीं था। कल्लन ने गांव के संपन्न चमारों से बैलगाड़ी मांगी थी, लेकिन बल्हारों को वे गाड़ी देने को तैयार नहीं थे।

पीठ पर लादकर सलोनी को ले चलना कठिन हो रहा था। वह बार-बार पीठ से नीचे की ओर लुढ़क रही थी। कल्लन की पत्नी सहारा देते हुए उसके पीछे-पीछे चल रही थी। वे जल्दी से जल्दी शहर पहुंचना चाहते थे। लेकिन रास्ता काटे नहीं कट रहा था।

जैसे-जैसे धूप चढ़ रही थी, सलोनी का जिस्म निढाल हो रहा था। उसकी सांसें धीमी पड़ गई थीं। शहर लगभग आधा किलोमीटर दूर रह गया था। अचानक कल्लन को लगा जैसे सलोनी का भार कुछ बढ़ गया है। बुखार से तपता जिस्म ठंडा पड़ गया था। उसने सरोज से कहा, "देखो तो सलोनी ठीक तो है?"

सलोनी के शरीर में कोई स्पंदन ही नहीं था। सरोज दहाड़ मारकर चीख पड़ी थी, "मेरी बेटी को क्या हो गया...देखो तो यह हिल क्यों नहीं रही।" उसने रोते हुए कहा।

कल्लन ने सलोनी को पीठ से उतारकर सड़क के किनारे लिटा दिया था। वह हताश ठगा-सा खड़ा था। उसके अंतस् में एक हड़कंप-सी मच गई थी। दस वर्ष की जीती-जागती सलोनी उसके हाथों में ही मुर्दा जिस्म में बदल गई थी। सब कुछ आंखों के सामने घटा था। वे जोर-जोर से चीखकर रो रहे थे। रास्ता सुनसान था। उनकी चीखें सुनने वाला भी कोई दूर-दूर तक नहीं था। वे काफी देर इसी तरह बैठे रोते रहे। उन्हें सूझ ही नहीं रहा था-क्या करें। सड़क किनारे

कच्चे रास्ते पर सलोनी के शव को लिए वे तड़प रहे थे। काफी देर बाद एक व्यक्ति शहर की ओर से आता दिखाई पड़ा। उन्हें उम्मीद की एक झलक दिखाई दी। शायद आने वाला उनकी कोई मदद करे।

राहगीर क्षण भर उनके पास रुका। लेकिन बिना कुछ कहे आगे बढ़ गया। शायद उसने उन्हें पहचान लिया था। उसी गांव का था। कल्लन को लगा, इंसान की 'जात' ही सब कुछ है।

आखिर वे उठे और बेटी का शव कंधों पर रखकर गांव की ओर लौट चले। कंधों पर जितना बोझ था, उससे कहीं ज्यादा बोझ उनके भीतर समाया हुआ था। सलोनी के बचपन की किलकारियां रह-रहकर उनकी स्मृतियों में कुलांचें भर रही थीं। भारी मन से वे सलोनी का शव उठाए गांव की ओर बढ़ रहे थे। रास्ता जैसे खत्म ही नहीं हो रहा था। जितना समय शहर के पास पहुंचने में लगा था, उससे ज्यादा गांव पहुंचने में लग रहा था। सरोज का हाल बहुत ही चिंताजनक था। वह सिर्फ घिसट रही थी। टूट तो कल्लन भी गया था लेकिन किसी तरह स्वयं को संभाले हुए था। सरोज अधमरी-सी हो गई थी। उससे चला नहीं जा रहा था।

सुरजा ने उन्हें दूर से ही देख लिया था। पहचाना तो उन्हें पास आने पर ही। लेकिन दूर से आती आकृतियों को देखकर उसने अंदाज लगा लिया था। वे जिस तरह सलोनी को ला रहे थे, देखकर उसका माथा ठनका। वह घर से निकलकर सड़क तक आ गया था। सलोनी का शव देखकर वह स्वयं को नहीं संभाल पा रहा था। वह तड़प उठा था। जमींन पर हत्थड़ मार-मारकर वह रोने लगा था। कल्लन की आंखों से भी बेतहाशा आंसू बह रहे थे। उनका रोना-धोना सुनकर संतो भी आ गई थी। उन्हें ढाढ़स बंधाने वाला कोई नहीं था।

शहर से लौटने में उन्हें वैसे ही समय ज्यादा हो गया था। किसी को बुलाने के लिए भी समय नहीं था। वे रात भर इंतजार करने की स्थिति में नहीं थे। कल्लन चाहता था कि शाम होने से पहले ही दाह-संस्कार हो जाए। सलोनी के शव को देखकर सरोज बार-बार बेहोश हो रही थी।

समस्या थी लकड़ियों की। दाह-संस्कार के लिए लकड़ियां उनके पास नहीं थीं। सुरजा और संतो लकड़ियों का इंतजाम करने के लिए निकल पड़े थे। उन्होंने चमारों के दरवाजों पर जाकर गुहार लगाई थी। लेकिन कोई भी मदद करने को तैयार नहीं था। घंटा भर भटकने के बाद भी वे इतनी लकड़ी नहीं जुटा पाए थे कि ठीक से दाह-संस्कार हो सके। घर में उपले थे। संतो ने कहा, "लकड़ियों

की जगह उपले ही ले जाओ।"

चमारों का श्मशान गांव के निकट ही था लेकिन उसमें बल्हारों को अपने मुर्दे फूंकने की इजाजत नहीं थी। कल्लन की मां के समय भी ऐसी ही समस्या आई थी। चमारों ने साफ मना कर दिया था। गांव से बाहर तीन-चार किलोमीटर दूर ले जाकर फूंकना पड़ा था। इतनी दूर सलोनी के शव को ले जाना...लकड़ी, उपले भी ले जाने थे। सुरजा और कल्लन के अलावा कोई नहीं था, जो इस कार्य में हाथ बंटा सकता था।

बल्हारों के मुर्दे को हाथ लगाने या शवयात्रा में शामिल होने गांव का कोई भी व्यक्ति नहीं आया था। 'जात' उनका रास्ता रोक रही थी। कल्लन ने काफी कोशिश की थी। वह रविदास मंडल, डॉ. अंबेडकर युवक सभा के लोगों से जाकर मिला था लेकिन कोई भी साथ आने को तैयार नहीं था। किसी न किसी बहाने वे सब कन्नी काट गए थे।

रेलवे कॉलोनी में 'अंबेडकर जयंती' के भाषण उसे याद आने लगे थे। उसने उन तमाम विचारों को झटक दिया था। गहरी वितृष्णा उसके भीतर उठ रही थी। उसे लगा, वे तमाम भाषण खोखले और बेहद बनावटी थे।

कल्लन ने सुरजा से कहा, "बापू! और देर मत करो..." उन दोनों ने कपड़े में लिपटे सलोनी के शव को उठा लिया था। स्त्रियों के श्मशान जाने का रिवाज बल्हारों में नहीं था। लेकिन संतो और सरोज के लिए इस रिवाज को तोड़ देने के अलावा कोई और रास्ता नहीं बचा था। संतो ने लकड़ियों का गट्ठर सिर पर रखकर हाथ में आग और हांडी उठा लिए थे। पीछे-पीछे सरोज उपलों से भरा टोकरा लिए चल पड़ी थी।

इस शवयात्रा को देखने के लिए चमारिनें अपनी छतों पर चढ़ गई थीं। उनकी आंखों के कोर भीगे हुए थे। लेकिन बेबस थीं, अपने-अपने दायरे में कैद। बल्हार तो आखिर बल्हार ही थे। अपने ही नहीं, उन्हें तो दूसरों के मुर्दे भी ढोने की आदत थी...

चमारों का गांव और उसमें एक बल्हार परिवार।

# छतरी

जुमे के जुमे पैठ लगती थी, जिसे 'जुमे की पीठ' के नाम से जाना जाता था। जिसमें रोजमर्रा की जरूरत की सभी चीजें मिल जाती थीं। गांव के बीचोबीच यह एक तिराहा था, जिसकी एक गली मस्जिद से होते हुए आगे जाकर कई हिस्सों में बंट जाती थी। दूसरे छोर पर प्रधानों का कुआं था। तीसरा रास्ता बनिस्वत इन दोनों के ज्यादा आड़ा-तिरछा था। वह गढ़ी के सामने मंदिर तक जाकर कई गलियों में बंट जाता था। इसी तिराहे के इर्द-गिर्द जुमे के रोज यह बाजार लगता था। जुमे की नमाज के बाद इस बाजार की चहल-पहल किसी मेले-ठेले से कम नहीं होती थी। तिराहे के एक कोने में डॉ. वेदप्रकाश शर्मा का दवाखाना था, तो दूसरी ओर लज्जाराम सुनार का घर और दुकान। उससे आगे दो दुकानें बनियों की थीं और उनके सामने भड़भूंजों की।

लज्जाराम की दुकान के सामने थोड़ा सा हटकर, बाहर गली में, शौकत चाचा बैठते थे। वैसे तो वे छतरी मरम्मत करते थे। लेकिन छतरी जैसी वस्तु गांव में इक्का-दुक्का लोगों के पास होती थी। इससे छतरी मरम्मत का ज्यादा काम नहीं मिलता था। इसीलिए छतरी मरम्मत के साथ-साथ वे 'रफूगिरी' का काम भी करते थे। उनके हाथ में कमाल का जादू था। फटे कपड़ों में ऐसा जोड़ बैठाते थे कि देखने वाला देखता ही रह जाए। सचमुच में वे एक कलाकार थे।

उस जुमे को बापू अपनी दिहाड़ी पर जाने के बजाय, मुझे साथ लेकर शौकत चाचा की दुकान पर गए थे। दरअसल हफ्ता भर पहले स्कूल से लौटते हुए तेज बारिश में, मेरी किताबें और कॉपियां बुरी तरह भीग गई थीं। इस बात से बापू दुखी हो गए थे। जब से बापू को यह पता चला कि मैं पढ़ने में तेज हूं, तो बापू मुझ पर कुछ ज्यादा ही ध्यान देने लगे थे। गांव-देहात में छोटी-छोटी बातें भी हर कोई जान लेता है। इसीलिए जब राह चलते कोई बापू से कहता ...'सुणा है तेरा लड़का पढ़ने में बहुत हुशियार है...' बापू का सीना चौड़ा हो जाता

था। वे अपनी ढुलकी मूंछों को ऊपर की ओर उठाकर पैना बनाने लगते थे। घर आकर जब मां को सुनाते तो मां मुझे पास बैठाकर मेरे बालों में उंगलियां घुमाने लगती थी। उनका यही तरीका था प्यार जताने का। उस वक्त मुझे बहुत सुकून मिलता था।

शौकत चाचा से बापू की पुरानी दोस्ती थी। दुआ-सलाम के बाद बापू ने कहा, "मियां, तुम्हारे रहत्ते यो तुम्हारा भतीज्जा बारिश में भीगते हुए स्कूल जाता है। पिछले हफ्ते की बारिश में यो तो भीग्या ही, इनकी किताब्बों की भी बुरी हालत हो गई। जिन्हें सुखाणे में दो दिन लगे। कोई पुरानी-धुरानी छतरी पड़ी हो तो...कम से कम किताबें तो बची रहें।"

शौकत चाचा ने मेरी ओर देखा। सफेद-खिचड़ी दाढ़ी में भी उनकी मुस्कराहट भली लगी थी। "कोण सी जमात में पढ़े है बेटा?" शौकत चाचा ने मुझसे पूछा।

"जी...आठवीं में।" मैंने धीमे स्वर में कहा।

"आठवीं में!" शौकत चाचा ने हैरानी जताई। जैसे उन्हें यकीन ही नहीं हो रहा था। होता भी कैसे, उन दिनों किसी चूहड़े का बच्चा स्कूल जाने की सोच भी नहीं सकता था, यदि कोई जाने की कोशिश भी करता तो उसे स्कूल में कोई घुसने भी नहीं देता था।

"देख भाई सुगन, यों तो तैन्ने ढंग का काम कर दिया है, जो लौंडे कू पढ़ने भेज दिया...मैं तो कहूं जिंदगी सुधर जागी इसकी...तू फिकर ना कर, अगले जुमे को इसे छतरी मिल जागी। मेरे पास सामान पड़ा है। बस जोड़-जाड़ करके उसपे कपड़ा चढ़ाना है। आ जाइयो बेटे अगले जुमे कू..." शौकत चाचा ने मेरी ओर देखकर कहा।

"मियां...पैसे कितने लग जांगे..." बापू ने हिचकिचाते हुए पूछा।

"पैसे?...देक्खी जागी..." शौकत चाचा ने कहा।

"फेर बी...मैं एक साथ तो दे नहीं पाऊंगा...दिहाड़ी मजदूरी से जो बी बचेगा...थोड़ा-थोड़ा करके दे दूंगा..." बापू ने विवशता जताई।

"सुगन...मैं सब जाणूं...मैं भी कोई धन्ना-सेठ तो हूं नहीं...फिर भी...यो तेरा बेटा है तो मेरा भी तो कुछ लगे है...तू पैसे की बात तो मत ही कर...बस अगले जुमे कू इसे भेज देणा। छतरी ले जाएगा...आ जाइयो बेटे..." शौकत चाचा ने बहुत स्नेह से मेरी ओर देखा।

शौकत चाचा का स्नेह देखकर मुझे अच्छा लगा था। बातचीत के साथ-

साथ वे अपने काम में भी लगे हुए थे। रफू करते समय उनकी उंगलियों में सुई-धागा जिस फुर्ती से घूमता था, वह हैरान कर देने वाला था। मैं गौर से उनकी उंगलियों में इधर से उधर होती सुई को देख रहा था। उनके बैठने की जगह के आधे हिस्से में धूप थी, आधे में छांव। वे छांव में बैठे थे और सामान धूप में रखा हुआ था। उनकी दाढ़ी के बाल लगातार हिल रहे थे।

शौकत चाचा ने बंडल से बीड़ी निकालकर बापू की ओर बढ़ाई, "ले... बीड़ी पी..." बापू ने बीड़ी सुलगाई, शौकत चाचा ने भी बीड़ी सुलगाकर दांतों में दबा ली और रफू के काम को उसी तन्मयता से करते रहे।

डॉक्टर वेदप्रकाश शर्मा के दवाखाने में रखे रेडियो पर समाचार आ रहे थे। कई लोग दवाखाने के बाहर खड़े होकर समाचार सुन रहे थे।

"सुगन पता है, चीन ने हमारे मुल्क पर हमला कर दिया है। हजारों सिपाही हलाक हुए हैं। कल रेडियो पर पंडित नेहरू बता रहे थे। हिंदी-चीनी भाई-भाई का नारा धरा का धरा रह गया..."

बापू चुपचाप सुन रहे थे। उन्हें कुछ ज्यादा समझ में नहीं आ रहा था। फिर भी पूछ ही लिया, "मियां, यहां ते चीन कितने कोस होगा?"

"अरे, ये रहा हिमाला परबत के उस तरफ..." शौकत ने उत्तर दिशा की ओर हाथ उठाकर इशारा करते हुए कहा।

"मतबल?..." बापू ने अचरज से पूछा।

"उसने हिमाला परबत पे ऐसी-ऐसी तोपें लगा रखी हैं कि उनके गोले सीधे दिल्ली में जाके गिरेंगे..." शौकत चाचा ने जोर देकर कहा। बापू आंखें फाड़कर चाचा की ओर देखने लगे थे। उनके चेहरे पर आश्चर्य और भय का मिला-जुला रंग एक साथ दिखाई दे रहा था। चेहरे पर चिंता की लकीरें उभर आई थीं।

"तब तो बम के गोले यहां भी गिर सकें...म्हारे गांव में...चौधरी की गढ़ी पे..." बापू ने भयभीत स्वर में पूछा।

"हां, गिर सकें..." शौकत चाचा ने उसी रौ में कहा।

"तब तो यहां सबकी जान कू खतरा है?" बापू के चेहरे पर पसीने की बूंदें दिखाई देने लगी थीं...।

"खतरा तो है ही...जब लड़ाई होवे है तो हम जैसे गरीब-गुरबा ही तो मरते हैं..." शौकत चाचा ने गंभीर होते हुए कहा।

बापू सोच में डूब गए थे। जल्दी-जल्दी बीड़ी में कश लगाकर उसे नाली

में फेंक दिया और चलने के लिए उठकर खड़े हो गए।

"क्यूं, डर लग रिया है क्या? फिकर ना कर म्हारी फौजें भी बहादुरी से लड़ रही हैं...उसके गोलों को यहां तक आने ही ना देंगी..." शौकत चाचा ने हंसते हुए बापू से कहा।

"अच्छा, ऐसा हो...रहा है..." बापू ने निश्िंचत होने की कोशिश की।

सौदा-सुलफ लेते लोगों की भीड़ से बाजार की रौनक बढ़ गई थी। आस-पड़ोस के गांव से भी ग्राहक इस बाजार में आते थे।

बापू को शौकत चाचा की दुकान पर खड़े देखकर चौधरी मामराज ने पूछा, "अबे सुगन, तू यहां क्या कर रहा है?"

चौधरी को देखते ही बापू गर्दन झुकाकर खुद में सिमटने की कोशिश करने लगे थे, ताकि चौधरी की टेढ़ी नजर से बच सकें। अकसर वे किसी दबंग को देखकर इसी तरह हो जाते थे। पता नहीं बापू ऐसा क्यों करते थे। शायद चौधरियों का दबदबा ही ऐसा था, जो सभी को झुकने पर मजबूर कर देता था।

बापू ने सहमे स्वर में चौधरी के सवाल का जवाब दिया, "कुछ नहीं चौधरी जी...शौकत भाई से कुछ काम था।"

"यो तेरा लड़का है, जो स्कूल में पढ़े है?" चौधरी ने मुझे घूरते हुए सवाल दागा।

"जी..." बापू ने गर्दन झुकाए धीमे स्वर में कहा। मानो मुझे स्कूल भेजकर बापू ने कोई अपराध किया हो।

"हां, पढ़ाओ...पढ़ाओ, इब तो तुम्हारा ही राज है...बाकी को तो नौकरियां मिलेंगी नहीं...सरकारी महकमों में तुम लोगों के लिए मेज-कुर्सियां सजा के रखी हैं...सरकार के जमाई बण गए हो...इब तो मैं भी सोच रहा हूं कि अपणे महेंद्र का हरिजन सर्टिफिकेट बणवा लूं। तहसील में अपनी ही बिरादरी का तहसीलदार बैठा है।" चौधरी एक ही सांस में कहते चले गए।

बापू सिर झुकाए बैठे थे। चौधरी की बात वे समझ नहीं पा रहे थे। धीमे से बोले, "चौधरी जी...आपकी मेहरबान्नी से दो-चार अच्छर सीख लेगा तो अच्छा है।"

चौधरी के तेवर अचानक बदल गए थे, "बेकार की बात तो करे मत। इसे किसी काम-धंधे में लगा...दो रोट्टी कमाएगा...पढ़-लिखके क्या कर लेगा। न घर का रहेगा, न घाट का।"

बापू के चेहरे के भी रंग बदलने लगे थे, लेकिन वे संयत रहे। चौधरी की फितरत से अच्छी तरह वाकिफ थे। उनकी बात का उलट जवाब देने का मतलब था, उनको और चिढ़ाना। चिढ़कर वे गाली-गलौज पर उतर आते हैं। इसीलिए बापू बात को टालने की कोशिश में थे।

शौकत चाचा ने बात का रुख बदलने की कोशिश की, "चौधरी जी, कभी हमें भी खिदमत का मौका दें...हम भी आपको अपना हुनर दिखाने की गुस्ताखी करना चाहते हैं।"

"हवेली में आ जाना...बंडी में रफू करना है..." चौधरी ने कहा।

"जी, जरूर आऊंगा..." शौकत चाचा ने विनम्रता से कहा।

शौकत चाचा के पास से लौटते ही मैंने अगले जुमे का इंतजार करना शुरू कर दिया था। स्कूल जाने के लिए छतरी मिलेगी, यह मेरे लिए बहुत बड़ी खुशी थी। हर पल छतरी ही दिमाग में घूम रही थी। मेरी छतरी कैसी होगी, यह खयाल बार-बार आ रहा था। अभी तक जितने भी लोगों के हाथ में छतरियां देखी थीं, वे सब एक-एक करके मेरे जेहन में आने लगी थीं...ये सात दिन बहुत लंबे थे, जो बहुत उद्विग्नता से कटे थे। कई बार बापू से पूछ चुका था, "कैसी छतरी लाएंगे चाचा?"

बापू मेरी मन:स्थिति को समझ रहे थे। इसीलिए एक ही सवाल बार-बार पूछने के बाद भी उन्होंने मुझे डांटा नहीं था। सिर्फ हंसकर वे भी एक ही उत्तर दे रहे थे, "जब आएगी तब देख लेना।"

उस रोज मेरी नींद जल्दी खुल गई थी। बापू भी उठे हुए थे। वे बाहर चबूतरे पर बैठकर हुक्का गुड़गुड़ा रहे थे। मैंने आंखें मलते हुए कहा, "बापू, आज जुमा है।"

बापू ने हंसकर कहा, "याद है...शौकत चाचा से छतरी लानी है, जिब तू स्कूल से वापस आएगा...छतरी तेरे हाथ में होगी।"

मैं कहना चाहता था–"बापू, आज मैं स्कूल नहीं जाऊंगा...शौकत चाचा से छतरी लेने मैं भी साथ चलूंगा।" लेकिन कह नहीं पाया था। बापू गुस्सा न हो जाएं, यह सोचकर चुप रह गया। स्कूल में भी छतरी मेरे मन में घूम रही थी। किसी भी पीरियड में मेरा मन नहीं लग रहा था। छुट्टी की घंटी बजने का इंतजार था। लेकिन आज का यह दिन कुछ ज्यादा ही बड़ा लग रहा था।

घंटी बजते ही, दौड़ते हुए, मैंने स्कूल की चारदीवारी पार की थी। मेरे

पीछे-पीछे अनिरुद्ध शर्मा भी दौड़ते हुए ही आ रहा था। उसने पूछा, "जय, आज क्या बात है?...तू इतनी जल्दी में क्यों है? क्लास में भी गुमसुम था और अब घोड़े की तरह दौड़ रहा है।"

"हां, बात ही ऐसी है।" मैंने कहा।

"क्या बात है?" उसने उत्सुकता से पूछा।

"कल बताऊंगा...अब तू भी जल्दी चल।" मैंने कहा।

हम दोनों क्लास में भी एक साथ बैठते थे। स्कूल से घर भी साथ-साथ ही आते थे। मुझे दौड़ता देखकर वह भी दौड़ने लगा था। उस रोज सड़क के बजाय हमने खेतों की पगडंडी का रास्ता पकड़ा था। यह रास्ता छोटा था। घर पहुंचते-पहुंचते मेरा दिल जोर से धड़कने लगा था। छतरी जो मिलने वाली थी।

बापू सामने चारपाई पर बैठे हुक्का पी रहे थे। छतरी उनके पास रखी थी, जिसे देखते ही मेरा दिल बल्लियों उछलने लगा था। सामने ही मां खड़ी थी। मैं एकटक छतरी को देख रहा था। न बापू कुछ बोल रहे थे, न मां।

आखिर मैंने ही पूछा, "बापू, यही छतरी दी है चाचा ने?" मेरा कौतूहल बढ़ गया था। बापू की सिर्फ मूंछें हिली थीं। कनखियों से मेरी ओर देखा भर था। मुझे लगा जैसे उन्होंने मेरे सवाल को अनसुना कर दिया है। मां ने हंसकर कहा था, "पहले बस्ता तो रखके आ जा, तबी देख लेणा अपनी छतरी। इब तो ये तेरे ही पास रहेगी।"

सचमुच वह दिन मेरे लिए एक ऐसी खुशी लेकर आया था, जिसके लिए मैंने हफ्ता भर इंतजार किया था। जो हर पल मेरे खयालों में छाई हुई थी, हर वक्त मेरी आंखों में बसी हुई थी, अब वही छतरी मेरे हाथ में थी। छतरी काफी बड़ी थी, जिसमें लकड़ी की छड़ी और मूठ लगी थी। कपड़ा था तो पुराना ही, लेकिन काफी मजबूत दिख रहा था। छतरी पुरानी होते हुए भी इस वक्त मेरे लिए मूल्यवान थी, एक तोहफा थी। जिसे पाकर मेरी खुशी का कोई ठिकाना नहीं था।

अगले रोज मैं छतरी लेकर स्कूल गया था। मैं उत्साह से भरा हुआ था। चाल में अपने आप तेजी आ गई थी। रग-रग में आत्मविश्वास भर गया था। मैं अपने दोस्तों को बताना चाहता था कि देखो मेरे पास भी छतरी है। अब बारिश में मेरी किताबें नहीं भीगेंगी। जब मैं घर से निकल रहा था, बापू ने हिदायत देते हुए कहा था, "सिंभालके रखियो, कहीं छोड़के मत आ जाणा।"

शौकत चाचा के प्रति मेरे मन में आज ज्यादा ही आदरभाव पैदा हो गया था। मैंने मन ही मन कई बार चाचा से कहा था, "चाचा, आपने इतनी अच्छी छतरी दी है मुझे। मैं बहुत खुश हूं।" पता नहीं मेरे ये शब्द उन तक पहुंचे थे या नहीं लेकिन मेरी छतरी का आकार देखकर स्कूल के साथियों में खुसुरफुसर शुरू हो गई थी। मेरी ही कक्षा के लक्ष्मीकांत ने चिढ़ाने वाले अंदाज में कहा था, "अबे चूहड़े के, छतरी कहां से उठा लाया?"

उसके शब्दों ने मुझे भीतर तक बींध दिया था। मेरी आंखों में आंसू छलछला उठे थे। एक गहरी टीस मन में उठी थी। लेकिन उसे व्यक्त करने का साहस उस समय मुझमें नहीं था। क्षण भर को छतरी पाने की खुशी गायब हो गई थी। मुझे चुप देखकर वह जोर से खिलखिलाकर हंसते हुए अपनी जगह बैठ गया था। लेकिन मेरे भीतर जैसे कोई गर्म चीज थी जो खदबदाने लगी थी।

शनिवार को दोपहर बाद 'स्कूल-सभा' होती थी। यह सभा प्रिंसिपल के ऑफिस के सामने बरामदे में होती थी। एक तरफ कुर्सियों पर मास्टर और प्रिंसिपल बैठते थे। दूसरी ओर छात्र फर्श पर बैठते थे। इस सभा में भाषण, गीत, कविता आदि प्रस्तुत किए जाते थे। चीन-भारत का युद्ध चल रहा था। इसीलिए इस शनिवार का विषय 'देशप्रेम' था। बारहवीं कक्षा का छात्र विकास माखनलाल चतुर्वेदी का 'देशप्रेम' गीत प्रस्तुत करेंगे। उसके बाद मास्टर और प्रिंसिपल भाषण देंगे।

घंटी बजते ही सभी कक्षाओं के विद्यार्थी बरामदे में आने लगे थे। कुछ लड़के मस्ती के मूड में थे, जो खूब जोर-जोर से एक-दूसरे से बतिया रहे थे। पीटी मास्टर गुलाब सिंह कई बार उन्हें चुप रहने की चेतावनी दे चुके थे। लेकिन उन पर इस चेतावनी का कोई असर नहीं हुआ। थोड़ी देर बाद वे फिर उसी तरह ऊंची आवाज में चिल्लाने लगे थे। प्रिंसिपल अभी तक सभा में नहीं आए थे। शोर करने वाले छात्रों की आवाज शोरगुल में बदल गई थी। अब वे एक-दूसरे के साथ धक्का-मुक्की पर उतर आए थे।

मास्टर ईश्वरचंद्र ग्यारहवीं और बारहवीं कक्षा को पढ़ाते थे। सांवले रंग के मोटे थुलथुल, आंखें केकड़े जैसी। जब भी बोलते तो चीख-चीखकर ही बोलते, जैसे उनके सामने खड़े सभी लोग गूंगे और बहरे हों। अकसर उत्तेजित दिखाई पड़ते थे। लोग उन्हें राष्ट्रभक्त कहते थे। जब भी मैंने उन्हें देखा जोर-जोर से बोलते, देशप्रेम की ह्रास होती भावना पर कुढ़ते ही देखा था। जब कभी अकेले होते, एक बेचैनी उनके इर्द-गिर्द दिखाई देती।

लड़कों के हो-हल्ले को चुप कराने के लिए वे ऊंची आवाज में चीखे, "अबे, मादर...चुप हो जाओ...वर्ना...वहीं आकर..." मास्टर ईश्वरचंद्र की इस बंदर घुड़की का कोई असर उन लड़कों पर नहीं हुआ था। वे अपनी मस्ती में वैसे ही डूबे रहे। मास्टर ईश्वरचंद्र का गुस्सा सातवें आसमान पर पहुंच गया था। कनपटियों का रंग बदलने लगा था। नथुने फूल गए थे। वे उठकर खड़े हो गए थे। मैं और अनिरुद्ध शर्मा दीवार से सटकर बैठे थे। मास्टर ईश्वरचंद्र हमारे पास से होकर उन लड़कों की ओर बढ़े, अचानक जाते-जाते पलटे। मेरे कंधे से टिकी मेरी छतरी पर उनकी नजर पड़ी। उन्होंने फुर्ती से मेरी छतरी झपट ली और उन लड़कों पर पिल पड़े, जैसे कोई सेनानायक दुश्मन पर टूट पड़ता है। मास्टर ईश्वरचंद्र ने छतरी से उन लड़कों को पीटना शुरू कर दिया। दो-तीन बार में ही छतरी बीच से टूट गई। जिसे देखकर मेरा दिल दहल गया था। मैं अवाक् रह गया था। छतरी की जो दुर्गति मास्टर ने की थी, उसे देखने की हिम्मत मुझमें नहीं थी। लगा जैसे मेरे जिस्म का समूचा रक्त जम गया हो।

मास्टर ईश्वरचंद्र ने टूटी छतरी बरामदे से बाहर फेंक दी और हांफते हुए अपनी कुर्सी पर बैठ गए। मार खाने वाले लड़के भी खामोश हो गए थे।

मैं जोर-जोर से रोने लगा था। अनिरुद्ध शर्मा मुझे चुप कराने की कोशिश कर रहा था। प्रिंसिपल के सभा में आते ही कार्यक्रम शुरू हो गया था। बारहवीं के छात्र विकास ने माखनलाल चतुर्वेदी की कविता शुरू कर दी थी। लेकिन मुझे उसका कोई भी शब्द सुनाई नहीं पड़ रहा था। मैं सिर्फ अपनी टूटी पड़ी छतरी की ओर देख रहा था। पूरी सभा देशप्रेम में डूब चुकी थी और मैं अपनी छतरी के तोड़ दिए जाने का मातम मना रहा था। सभा के लिए मेरी छतरी का टूटना अर्थहीन था। देशप्रेम के सामने छतरी एक नगण्य वस्तु थी। लेकिन मेरे लिए छतरी का टूटना सपनों के टूट जाने जैसा था। मैंने मास्टर ईश्वरचंद्र की ओर देखा। वह शांत मुद्रा में कविता पर झूम रहा था।

मेरे सीने में एक हूक-सी उठी और मैं सभा से निकलकर बाहर आ गया। अपनी टूटी छतरी को उठाकर तेजी से मास्टर ईश्वरचंद्र के सामने ला पटका। निस्तब्ध और गहरी उदासी से मेरा पोर-पोर जकड़ा हुआ था। मुझे सामने खड़ा देखकर मास्टर ईश्वचंद्र चौंका। गुस्से में उसके नथुने फड़फड़ाने लगे थे।

लेकिन उनके इस तरह क्रोधित मुद्रा में देखने का मेरे ऊपर कोई असर नहीं हुआ था। मैं उसी तरह खड़ा रहा। मास्टर योगेंद्र सिंह मिश्र भारत-चीन संबंधों पर बोल रहे थे। लेकिन मुझे उनके भाषण का कोई भी शब्द जैसे सुनाई ही नहीं

पड़ रहा था। मेरे कान बंद हो गए थे, जैसे किसी ने मेरे कानों में पिघला हुआ शीशा डाल दिया हो।

ईश्वरचंद्र मास्टर की खूंखार आंखें मेरे बचे-खुचे वजूद को छिन्न-भिन्न करके बरामदे से बाहर फेंक देने को आतुर थीं। मेरी आंखों के सामने अंधेरा छाने लगा था। ईश्वरचंद्र की आंखें झाड़ियों में छिपे जंगली जानवर-सी मुझे लगातार घूर रही थीं, जो किसी भी क्षण मुझ पर झपट्टा मार सकती थीं। मैं अपनी चेतना के विलुप्त होने का इंतजार कर रहा था।

# घुसपैठिए

मेडिकल कॉलेज के छात्र सुभाष सोनकर की खबर से शहर की दिनचर्या पर कोई फर्क नहीं पड़ा था। अखबारों ने इसे आत्महत्या का मामला बताया था। एक ही साल में यह दूसरी मौत थी मेडिकल कॉलेज में। फाइनल वर्ष की सुजाता की मौत को भी आत्महत्या का केस कहकर रफा-दफा कर दिया गया था। किसी ने भी आत्महत्या के कारणों की पड़ताल करना जरूरी नहीं समझा था। लगता था जैसे इस शहर की संवेदनाओं को लकवा मार गया है। दो-दो हत्याओं के बाद भी यह शहर गूंगा ही बना रहा।

राकेश के दफ्तर पहुंचते ही फोन की घंटी बजी। रमेश चौधरी का फोन था। उसने कांपती आवाज में कहा था, "राकेश साहब, सुभाष सोनकर बलि चढ़ गया है..."

"क्या?..." राकेश ने लगभग चीखते हुए पूछा।

"अभी और कितनी हत्याएं होंगी राकेश साहब?..." रमेश ने अपनी बात जारी रखी थी, "आखिर सोनकर का अपराध क्या था?...सिर्फ इतना कि मां-बाप उसे डॉक्टर बनाना चाहते थे।" रमेश चौधरी का एक-एक शब्द गहरी वेदना से बाहर आ रहा था।

राकेश काठ की तरह जड़ हो गया था। रमेश चौधरी की भर्राई आवाज जैसे हजारों मील दूर से आ रही थी, जिसे वह ठीक से सुन नहीं पा रहा था। सोनकर की मौत का राकेश को विश्वास ही नहीं हो रहा था। राकेश को लग रहा था जैसे रमेश चौधरी किसी गहरी खाई में खड़ा है। जहां से प्रतिध्वनित होकर आ रही आवाज धीमी हो गई थी, जिसे सुन पाना राकेश के लिए कठिन महसूस हो रहा था।

सुभाष सोनकर का उदास चेहरा राकेश की आंखों के सामने बार-बार आ रहा था। उसे लगा फोन उसकी पकड़ से फिसल रहा है।

उसकी स्मृति में वह दिन दस्तक देने लगा था, जब रमेश चौधरी सुभाष सोनकर और उसके मित्रों को लेकर आया था।

उस रोज वह दफ्तर से घर आते ही अखबार लेकर बैठ गया था। रसोई में इंदु की खटर-पटर चल रही थी। बच्चे दूसरे कमरे में अपना होमवर्क कर रहे थे। घर का वातावरण शांत था, लेकिन दफ्तर से आते ही अखबार से चिपक जाना इंदु को चिढ़ाने के लिए काफी था। उसने व्यंग्य से पूछा, "कहीं जाना है क्या?"

"नहीं...क्यों?" राकेश हड़बड़ा गया था।

"कपड़े नहीं बदले...?" इंदु ने शंका जाहिर की।

राकेश ने कोई उत्तर नहीं दिया। दरअसल वह कुछ बेचैन था। दफ्तर में रमेश चौधरी का फोन आया था। कुछ जरूरी बात करना चाहता था। शाम को घर आएगा। राकेश ने टालने की बहुत कोशिश की थी, लेकिन रमेश चौधरी माना ही नहीं था। राकेश ने कहा भी था, "दफ्तर में ही आ जाओ।" लेकिन रमेश चौधरी ने कहा था, "नहीं, बात ही कुछ ऐसी है जो दफ्तर में नहीं हो सकती है।"

रमेश चौधरी सामाजिक कार्यकर्ता है। अकसर किसी न किसी बहाने वह राकेश के पास आता ही रहता है। जब भी वह आता है राकेश अव्यवस्थित हो उठता है। उससे जितना बचने का प्रयास करो, वह उतना ही पीछे पड़ा रहता है। रमेश चौधरी के बोलने का अंदाज कुछ ऐसा था कि सामने वाला व्यक्ति सहज नहीं रह पाता था।

"...तुम लोग अपने आप को समझते क्या हो? तुम लोगों को सिर्फ बड़े-बड़े प्रमोशन चाहिए, वे भी आरक्षण के भरोसे। बच्चों को स्कूल-कॉलेज में एडमिशन भी कोटे से ही चाहिए। लेकिन इस कोटे को बचाए रखने के लिए जब कुछ करने की नौबत आती है तो तुम लोगों को जरूरी काम निकल आते हैं या फिर दफ्तर से छुट्टी नहीं मिलती। तब रमेश चौधरी ही बनेगा बलि का बकरा। गालियां भी वही खाएगा। देखो साहब...अगर भीड़ का हिस्सा बनने में आप लोगों को खतरा दिखाई देता तो ऐसी संस्थाओं को चंदा दो जो तुम्हारे हितों के लिए काम करती हैं...तुम लोग इसी तरह उदासीन बने रहे तो वह दिन दूर नहीं जब आरक्षण को ये लोग हजम कर जाएंगे...बाबा साहब तो हैं नहीं...और बाबा साहब के नुमाइंदे बनने का जो ढोंग कर रहे हैं वे भी संसद में पहुंचते ही गीदड़ बनकर उनकी गोद में बैठ जाते हैं जो आरक्षण विरोधी हैं, और तरह-तरह

की नौटंकियां करने में माहिर हैं। न्यायाधीशों से फैसले दिलवाएंगे कि अब मेडिकल और इंजीनियरिंग में आरक्षण से दाखिला नहीं मिलेगा। इससे प्रतिभाएं नष्ट होती हैं...जैसे प्रतिभाएं इनकी गुलाम हैं और सिर्फ इनके घरों में ही जन्मती हैं...अरे इतने ही प्रतिभावान थे तो देश की यह हालत कैसे हो गई..."

ऐसे संवादों से राकेश आएं-बाएं देखने लगता है। और यदि यह वार्तालाप घर में चल रहा होता तो इंदु को लगता है जैसे अड़ोसी-पड़ोसी कान लगाकर सुन रहे हैं। इस वार्तालाप से इंदु ऐसी उखड़ती है कि कई-कई दिन तक घर में गोलीबारी चलती ही रहती है। ऐसे में राकेश एकतरफा युद्धविराम घोषित करके आत्मसमर्पण की मुद्रा अख्तियार कर लेता है।

इंदु घुमा-फिराकर यही कहती है-

"...तुम चाहे जितने बड़े अफसर बन जाओ, मेल-जोल इन लोगों से ही रखोगे, जिन्हें यह तमीज भी नहीं है कि सोफे पर बैठा कैसे जाता है...तुम्हें इनसे यारी-दोस्ती करना है तो घर से बाहर ही रखो..आस-पड़ोस में जो थोड़ी-बहुत इज्जत है, उसे भी क्यों खत्म करने पर तुले हो...गले में ढोल बांधकर मत घूमो...यह जो सरनेम लगा रखा है...यही क्या कम है...कितनी बार कहा है कि इसे बदलकर कुछ अच्छा-सा सरनेम लगाओ...बच्चे बड़े हो रहे हैं...इन्हें कितना सहना पड़ता है। कल पिंकी की सहेली कह रही थी...रैदास तो जूते बनाता था...तुम लोग भी जूते बनाते हो...पिंकी रोते हुए घर आई थी...मेरा तो जी करता है बच्चों को लेकर कहीं चली जाऊं..." इंदु की यह तानाकशी राकेश को बौना बना देती है। वह खुद अपराधबोध से भर जाता है।

बस अखबार खोलकर बैठ जाता है। ऐसे में अखबार की सुर्खियां गड्डमड्ड होकर काले धब्बों में बदल जाती हैं। और राकेश को लगने लगता है जैसे वह सुरक्षित है।

दरवाजे की घंटी बजने से उसकी विचार-तंद्रा टूट गई थी। उसने दरवाजा खोला। रमेश चौधरी ही था। उसके साथ चार युवा और थे। वे सब अंदर आकर इधर-उधर पसर गए थे। राकेश उन्हें गौर से देख रहा था। सभी के चेहरों पर हवाइयां उड़ रही थीं। उदास चेहरों पर भय की परछाइयां दिखाई पड़ रही थीं।

वे सभी चुप थे। सभी अपने-अपने खोल में सिमटे हुए थे। खोल से बाहर आने की छटपटाहट उनके चेहरों से ज्यादा उनकी आंखों में थी। उनकी दशा देखकर राकेश के मन में कई तरह की शंकाएं पनपने लगी थीं।

रमेश चौधरी ने चुप्पी तोड़ते हुए कहा, "राकेश साहब, यह है अमरदीप,

ये विकास चौधरी, ये नितिन मेश्राम और ये सुभाष सोनकर। ये सभी मेडिकल के छात्र हैं। अमरदीप और नितिन मेश्राम फाइनल वर्ष में हैं और ये दोनों प्रथम वर्ष में हैं। आपसे मिलना चाहते थे।"

"हां...जरूर..." राकेश ने सहज भाव से कहा।

अमरदीप हिचकते हुए बोला, "सर! हम लोग बहुत बड़ी परेशानी में हैं...समझ में नहीं आ रहा है क्या करें?" अमरदीप पल भर के लिए रुका। खुद को व्यवस्थित करते हुए बोला, "मेडिकल कॉलेज के जो हालात हैं, उसमें हमारे लिए पढ़ाई जारी रखना दिन-प्रतिदिन कठिन हो रहा है। ये साल हमने जिन यातनाओं के साथ गुजारे हैं...हम ही जानते हैं। कई बार तो लगता था पढ़ाई छोड़कर वापस लौट जाएं...लेकिन मां-बाप की उम्मीदें रास्ता रोककर मजबूर कर देती हैं। उन सब यातनाओं के साथ पढ़ाई जारी रखना...बहुत तकलीफदेह है... एक रोज तो मैंने आत्महत्या तक कर लेने का निश्चय कर लिया था।" निराशा और हताशा से लबरेज अमरदीप के शब्दों ने सांझ के धुंधलकों को और अधिक गहरा दिया था। अमरदीप के अंतस में गूंजती चीत्कारें साफ-साफ सुनाई पड़ रही थीं।

माहौल गमगीन हो गया था। राकेश के हृदय में जैसे कंपन बढ़ गए थे। अपने ही अंतर्मन की हिलोरों पर तैरता अमरदीप बोला, "कल पूरा दिन होस्टल के एक कमरे में विकास चौधरी और सुभाष सोनकर को दरवाजा बंद करके पीटा गया।"

"क्यों?...क्या रैगिंग चल रही थी?" राकेश ने हैरानी से पूछा।

"रैगिंग होती तो फर्स्ट इयर के सभी छात्रों के साथ यह सलूक होता। लेकिन वहां तो सिर्फ इन दोनों को ही पीटा गया," अमरदीप ने जोर देकर कहा।

"दलित छात्रों को अलग खड़ा करके अपमानित करना तो रोज का किस्सा है। प्रवेश परीक्षा के प्रतिशत अंक पूछकर थप्पड़ या घूंसों का प्रहार होता है। जरा भी विरोध किया तो लात पड़ती है। यह दो-चार दिन नहीं, साल के साल चलता है। और यह पिटाई कॉलेज या छात्रावास तक ही सीमित नहीं है। शहर से कॉलेज तक जाने वाली बस में भी पिटाई होती है। कोई एक सीनियर चलती बस में चिल्लाकर कहता है, "इस बस में जो भी चमार स्टूडेंट है...वह खड़ा हो जाए ...फिर उसे धकियाकर पिछली सीटों पर ले जाया जाता है, जहां पहले से बैठे सीनियर लात-घूंसों से उसका स्वागत करते हैं।" अमरदीप ने हालात का ब्यौरा दिया।

"यह तो सरासर जुल्म है," राकेश ने उत्तेजित होते हुए कहा। अमरदीप ने राकेश की ओर देखा, "...अभी कुछ दिन पहले ऐसी ही बस में फाइनल के प्रणव मिश्रा ने चिल्लाकर आवाज लगाई तो उस बस में सुभाष सोनकर था, जो प्रणव की आवाज पर चुपचाप रहा। सोनकर के पास जो छात्र बैठा था, उसने इशारे से बता दिया कि सोनकर यहां बैठा है। प्रणव मिश्रा अपनी अवहेलना पर तिलमिला गया। सोनकर के बाल पकड़कर अपनी ओर खींचे, 'क्यों बे चमरटे, सुनाई नहीं पड़ा हमने क्या कहा था?' सोनकर ने अपने बाल छुड़ाने की कोशिश की...मैं चमार नहीं हूं। बालों की पकड़ मजबूत थी। सोनकर कराह उठा। प्रणव मिश्रा का झन्नाटेदार थप्पड़ सोनकर के गाल पर पड़ा...(गाली)...चमार हो या सोनकर...ब्राह्मण तो नहीं हो...हो तो सिर्फ कोटे वाले...बस इतना ही काफी है, प्रणव मिश्रा ने सोनकर को लात-घूंसों से अधमरा कर दिया। पूरी बस में ठहाके गूंज रहे थे...बाबा साहब के नाम पर गालियां दी जा रही थीं। प्रणव मिश्रा के इस शौर्य पर उसे शाबाशियां मिल रही थीं।"

राकेश ने सोनकर की ओर देखा। वह अपराधी की मुद्रा में सिर झुकाए बैठा था। सोनकर के चेहरे पर चोट के निशान और गहरे हो गए थे।

रमेश चौधरी भी खामोश था। लेकिन उसके चेहरे की मांसपेशियां कसी हुई थीं। चेहरे का रंग बदल रहा था। रसोई में इंदु की खटर-पटर और तेज हो गई थी। इंदु के खंखारने का स्वर राकेश के लिए संकेत था...'अजी, आप इन पचड़ों में ना पड़ो।' रसोई के कामकाज के दौरान भी इंदु के कान इन लोगों की बातचीत पर ही लगे थे।

इंदु का जो नजरिया था, वह सामाजिक प्रताड़ना का प्रतिफल था। वह एक सहज जीवन जीना चाहती थी। उसे लगता था, राकेश को इन झमेलों से बचना चाहिए। वह इसी कोशिश में लगी रहती थी कि आस-पड़ोस के लोग उनके बारे में न जान पाएं कि वे कौन हैं? उसे यह सब बहुत सुरक्षित लगता था। लेकिन राकेश उनकी व्यथा-कथा से विचलित हो गया था। उसे महसूस हो रहा था कि वे सब किसी घने बियाबान जंगल में फंस गए हैं जहां चारों ओर सिर्फ अंधेरा है या कंटीले झाड़-झंखाड़।

इंदु रसोई से निकलकर बेडरूम में चली गई थी जहां बच्चे अपने होमवर्क में मशगूल थे। कुछ ही क्षण बाद राकेश का आठ वर्षीय पुत्र बाहर आया। आदेशात्मक लहजे में राकेश से बोला, "पापा, मेरा होमवर्क कराओ।"

"हां, बेटे, बस अभी कराते हैं, दस मिनट में...जरा रमेश अंकल से बात

कर लें...तब तक तुम अपनी ड्राइंग बना लो," राकेश ने उसे बहला-फुसलाकर वापस भेज दिया। राकेश इंदु का इशारा समझ रहा था-'इन्हें जल्दी भगाओ...इन झंझटों से अपने आप को दूर रखो।'

राकेश कुछ अटपटा-सा गया था। रमेश चौधरी ने भी इशारा समझ लिया था। वह सहज बने रहना चाहता था। उसने राकेश को धीमे से कहा, "साहब, हम आपका ज्यादा समय नहीं लेंगे...बस, इन लड़कों को कोई रास्ता सुझाइए... डॉक्टर तो इन्हें बनना ही है...।"

राकेश गहरी सोच में था। उसे सूझ ही नहीं रहा था कि इन हालात में छात्रों को क्या करना चाहिए।

नितिन मेश्राम अभी तक चुप था। राकेश को गहरी सोच में डूबा देखकर बोला, "होस्टल नं. एक में कमरा एलॉट हो जाने के बाद भी किसी दलित छात्र को उसमें घुसने नहीं दिया जाता है। घूम-फिरकर होस्टल नं. दो में ही दलित छात्रों को रखा जाता है। यही स्थिति गर्ल्स होस्टल की भी है। वहां भी सभी दलित लड़कियां एक ही होस्टल में रहती हैं। कॉलेज मैनेजमेंट को ये समस्याएं गंभीर नहीं लगतीं। उन्हें लगता है दलितों के लिए मेडिकल में आना अतिक्रमण करना है। जब उनसे शिकायत करते हैं तो ध्यान ही नहीं देते।"

नितिन मेश्राम मुखर हो उठा था, "इतना ही नहीं, प्रैक्टिकल की परीक्षाओं में भी भेदभाव बरता जाता है। प्रणव मिश्रा मेरे ही बैच में है। न क्लासेज अटैंड करता है, न प्रैक्टिकल। फिर भी त्रिवेदी सर उसे ही सबसे ज्यादा अंक देते हैं। अटैंडेंस की भी समस्या नहीं होती।" मेश्राम ने कटुता से कहा।

राकेश की स्मृतियों में अतीत दस्तक देने लगा था। जब वह पहली बार होस्टल गया था, उसे जो रूम एलॉट हुआ था उसमें पहले से एक छात्र था जिसने उसे अपने कमरे में घुसने ही नहीं दिया था। उसने साफ मना कर दिया था कि वह किसी भंगी-चमार के साथ अपना रूम शेयर नहीं कर सकता है। जब उसने होस्टल वार्डन से शिकायत की तो उसने भी उसकी जाति पूछी थी और उसे एक दलित छात्र के साथ रख दिया था। साथ ही उसे चेतावनी भी दी थी-'अपनी औकात में रहो...वरना बाहर कर दूंगा।'

छात्रावास जीवन के दिन बहुत ही पीड़ादायक थे। एक-एक दिन जैसे यंत्रणा से गुजरकर पार करना पड़ता था। मैस में भी अलग बैठना पड़ता था।

रमेश चौधरी ने राकेश की सोच को झटका दिया, "साहब, अब आप ही बताइए क्या किया जाए?"

"तुम लोग डीन से मिले?" राकेश ने सवाल किया।

"जी, मिले थे...उनका कहना है–आरक्षण से आए हो, थोड़ा-बहुत तो सहना ही होगा। सवर्ण छात्रों की ज्यादतियों को वे अनुचित नहीं मानते क्योंकि नाइंसाफी के खिलाफ ये प्रतिक्रिया है। आरक्षण के विरोध में उपजा आक्रोश," नितिन ने वितृष्णा से भरकर कहा।

"डीन ही नहीं, प्रोफेसर भी इसी तरह की टिप्पणियां करते हैं और प्रणव मिश्रा जैसे छात्रों को शह देते हैं," अमरदीप ने नितिन मेश्राम की बात का समर्थन किया।

सुभाष सोनकर अपने भीतर उठते गुस्से को दबाते हुए बोला, "मैंने अपनी मेडिकल रिपोर्ट बनवाई थी जिसे लेकर पुलिस थाने गया था रपट लिखाने। इंस्पेक्टर ने रिपोर्ट लिखने से साफ मना कर दिया था–यह तुम लोगों का अंदरूनी मामला है। पुलिस को क्यों घसीटते हो...। अब आप ही बताइए। आखिर हम जाएं तो कहां जाएं। इन स्थितियों में ठीक से पढ़ाई में भी एकाग्र होना मुश्किल हो जाता है।"

रमेश चौधरी ने अखबारों को भी रपट भेजी थी जिसमें दलित छात्रों के उत्पीड़न को मुख्य मुद्दा बनाया था। लेकिन अखबारों ने इसे रैगिंग कहकर छापा। दलित छात्रों के साथ होने वाली ज्यादतियों का कहीं जिक्र तक नहीं था।

विचार-विमर्श के बाद राकेश और रमेश चौधरी डीन से मिलकर समस्या का कोई न कोई समाधान तलाश करेंगे। जरूरत पड़ी तो किसी प्रभावशाली व्यक्ति से मिलकर बात करेंगे।

मेडिकल कॉलेज के डीन डॉक्टर भगवती उपाध्याय से मिलने पर उन्हें निराशा हाथ लगी थी। डीन का कहना था कि आरक्षण से मेडिकल का स्तर गिर रहा है। राकेश ने उन्हें टोकते हुए कहा था, "डॉक्टर साहब, हम यहां आरक्षण के पक्ष या विपक्ष पर चर्चा करने नहीं, दलित छात्रों की समस्याएं लेकर आए हैं।"

डीन उनकी कोई भी बात सुने बगैर आरक्षण से होने वाले नुकसान पर ही बोल रहे थे। उनकी धारणा थी कि कम योग्यता वाले जब सरकारी हस्तक्षेप से मेडिकल जैसे संस्थानों में घुसपैठ करेंगे तो हालात तो दिन-प्रतिदिन खराब होंगे ही। उन छात्रों का क्या दोष जो अच्छे अंक लेकर पास हुए हैं।

राकेश बहस से बचना चाह रहा था, "डॉक्टर साहब, आरक्षण पर हम लोग फिर कभी चर्चा कर लेंगे, अभी तो उन हालात का कोई समाधान निकालिए,

जिनकी हमने चर्चा की है। दलित छात्रों का उत्पीड़न रोकिए।"

"देखिए, छोटी-मोटी घटनाओं को इतना तूल मत दें। दलित उत्पीड़न जैसा मेरे कॉलेज में कुछ भी नहीं है। और मैं इन वाहियात चीजों को नहीं मानता। हमारे घर में तो भंगिन को भी 'अम्मा' कहा जाता था," डीन जैसे अपने आप से बाहर ही नहीं निकल रहे थे।

राकेश और रमेश चौधरी बौखलाकर उठ आए थे। दलित छात्रों का मेडिकल में आना डीन की दृष्टि में घुसपैठ थी। रमेश चौधरी ने स्वयं को बहुत मुश्किल से काबू में रखा था। शायद राकेश के कारण।

कई दिन वे दोनों अनेक गण्यमान्य लोगों से मिले। लेकिन सभी जगह उन्हें निराशा ही हाथ लगी। अनेक दलित अधिकारियों के पास भी वे गए। उनका रवैया भी निराशाजनक ही था। वे कोई जोखिम उठाना नहीं चाहते थे। उनका कहना था, मामले उठाने से दलित छात्रों का ही नुकसान होगा।

दस-पंद्रह दिन के अथक प्रयासों के बाद भी कोई सुगबुगाहट वे पैदा करने में असफल रहे थे। निराश होकर रमेश चौधरी ने कहा था, "राकेश साहब, अब तो आपने खुद देख लिया...मैं इन लोगों से क्यों कड़वी बात करता हूं..."

राकेश भी अधिकारी था। लेकिन वह छात्रों की मदद करना चाहता था, सामाजिक उत्तरदायित्व समझकर। सरकारी अफसर ऐसे कामों से बचने की कोशिश करते थे। उन्हें डर था, कहीं इन हादसों के छींटों में वे भीग न जाएं। उन्हें दलित होने का भय हर वक्त सालता है।

रमेश ने जुलूस निकालने की योजना बना ली थी। तारीख भी तय हो गई थी। लेकिन अचानक सुभाष सोनकर की आत्महत्या ने सब कुछ बदलकर रख दिया था। सबसे ज्यादा सदमा पहुंचा था रमेश चौधरी को। इस खबर से वह गुस्से से बिफर पड़ा था। राकेश को जब उसने सोनकर की आत्महत्या का समाचार दिया, उस वक्त वह आपे से बाहर था।

सोनकर को पहली ही परीक्षा में फेल कर दिया गया था क्योंकि उसने प्रणव मिश्रा के खिलाफ पुलिस में नामजद रिपोर्ट लिखाने का दुस्साहस किया था, डीन और अन्य प्रोफेसरों तक शिकायत पहुंचाने की हिमाकत की थी, यह भूलकर कि वह इस चक्रव्यूह में अकेला फंस गया है, जहां से बाहर आने के लिए उसे कौरवों की कई अक्षौहिणी सेना और अनेक महारथियों से टकराना पड़ेगा। परीक्षाफल का व्यूह भेदकर सोनकर बाहर नहीं आ पाया था। कई महारथियों ने निहत्थे सोनकर की हत्या कर दी थी जिसे आत्महत्या कहकर

प्रचारित किया गया था।

रमेश चौधरी से फोन पर यह समाचार पाकर रमेश भी गहरे अवसाद से भर गया था। उसे विश्वास ही नहीं हो रहा था कि इतनी कुशाग्र बुद्धि का सोनकर आत्महत्या कर सकता है। फोन पर रमेश की आक्रोशित आवाज सुनकर राकेश की उलझनें और ज्यादा बढ़ गई थीं। उसके कांपते हाथ में थमा फोन भी थरथरा गया था। बहुत मुश्किल से राकेश फोन क्रेडिल पर रख पाया था...राकेश ने स्वयं को संभालने का प्रयास किया। फिर भी उसे लग रहा था जैसे उसका हृदय डूब रहा है। वह धम्म से कुर्सी में धंस गया। उसके मुंह से अस्फुट शब्द निकले, "सोनकर, यह क्यों किया तुमने...!"

राकेश का मन बुरी तरह उचट गया था। दफ्तर के काम में भी मन नहीं लग रहा है। वह दफ्तर से उठकर जाने ही वाला था, फोन की घंटी बज उठी। रमेश चौधरी का फोन था। धीर-गंभीर आवाज में बोल रहा था, "राकेश साहब, कल पोस्टमार्टम के बाद सोनकर की लाश का अंतिम संस्कार मेडिकल कॉलेज के मुख्य द्वार पर होगा...आपमें साहस हो तो पहुंच जाना..."

रमेश चौधरी के शब्दों में छिपी आंच को उसने महसूस कर लिया था। वह अभी तक सोनकर की मौत के सदमे से उबर नहीं पाया था कि रमेश चौधरी के इस फैसले ने उसे पसोपेश में डाल दिया था। सोनकर का चेहरा बार-बार उसकी आंखों में उतर रहा था। राकेश अपने भीतर उठने वाली बेचैनी को जितना दबाने की कोशिश कर रहा था वह उतनी ही तीव्रता से बढ़ रही थी। वह फिर से कुर्सी पर बैठ गया था। सोनकर का चेहरा उसे उद्वेलित कर रहा था। सोनकर की जद्दोजहद राकेश की अपनी पीड़ा बन गई थी। उसने एक गहरी सांस ली और झटके से उठकर खड़ा हो गया था। उसने तय कर लिया था कि वह सोनकर की अंतिम यात्रा में सिर्फ शामिल ही नहीं होगा बल्कि उसे कंधा भी देगा।

# प्रमोशन

स्वीपर से अकुशल कामगार के पद पर पदोन्नति पाकर उसके पांव जमीन पर नहीं पड़ रहे थे। वह जैसे भारविहीन होकर हवा में तैर रहा था। एक लंबे अरसे से वह बदलाव के लिए छटपटा रहा था। वह स्वयं को एक अवांछित व्यक्ति समझता था, जिसकी कोई अहमियत नहीं थी, लेकिन अब वह एक ऐसी जमात में खुद को महसूस कर रहा था, जिसकी एक खास पहचान थी।

छुट्टी होते ही वह तेज कदमों से लगभग दौड़ते हुए साइकिल स्टैंड तक पहुंचा था, वह चाहता था, जल्दी से जल्दी घर पहुंचकर शांति को यह खुशखबरी सुनाए कि अब वह स्वीपर नहीं रहा, मजदूर बन गया है।

साइकिल के पैडल पर उसके पांव तेजी से चल रहे थे। रास्ते में पड़ने वाली दुकान से उसने थोड़ी सी मिठाई खरीद ली थी। वह चाहता था कि पूरी बस्ती में मिठाई बांटे, लेकिन उसकी जेब में उतने रुपए नहीं थे। वह इस अहसास से दुखी हो गया था...काश! जेब में रुपए होते...

आंगन में दीवार के सहारे साइकिल टिकाकर वह अंदर की तरफ लपका, जहां शांति के होने की पूरी-पूरी उम्मीद थी। वैसे भी, घर में इतने कोने नहीं थे, जहां शांति को ढूंढ़ने में ज्यादा देर लगती।

"बब्बू की मां, ये ले, मुंह मीठा कर। मेरा प्रमोशन हो गया है।"

वह जब तक गीले हाथ अपने पल्लू से पोंछती, उसने मिठाई का एक टुकड़ा उसके मुंह में ठूंस दिया। उसे इतना खुश देखकर शांति एक बार अचकचा गई थी। बच्चे भी खेल छोड़कर उसके इर्द-गिर्द खड़े हो गए थे। उन्होंने इतना खुश उसे कभी नहीं देखा था। जैसे एक नया चेहरा उनके सामने खड़ा था।

उसने बच्चों के हाथ पर एक-एक टुकड़ा मिठाई का रख दिया। वह हर किसी से अपनी खुशी बांटना चाहता था, लेकिन बच्चों को वह समझा नहीं पा रहा था कि 'प्रमोशन' क्या चीज होती है।

शांति के मन में काफी देर से एक सवाल खदबदा रहा था, जिसे वह चाहकर भी टाल नहीं पा रही थी। उसे डर था, कहीं उसका सवाल खुशी में कोई खलल न डाल दे। फिर भी उसने हिम्मत करके पूछ ही लिया, "अजी, इब तनख्वाह कितनी बढ़ जावेगी?"

वह अभी तक हवा में तैर रहा था। अचानक जैसे जमीन पर आ गिरा, फटी-फटी आंखों से शांति को देखने लगा।

"तू हमेशा पैसों के ही बारे में सोचेगी। मान-अपमान भी तो कुछ होता है। अरी पगली, अब हम भंगी नहीं रहे। मजदूर हो गए हैं।" 'मजदूर' पर उसने कुछ ज्यादा ही जोर देकर कहा था। "देखा नहीं था...मई दिवस पर कितना लंबा जुलूस निकला था। उसमें सब मजदूर ही मजदूर थे...कैसे-कैसे नारे लग रहे थे... इन्कलाब जिंदाबाद...मजदूर-मजदूर भाई-भाई...अब मैं भी उस रैली में जाऊंगा ...लाल झंडा उठाकर सबसे आगे चलूंगा...इन्कलाब जिंदाबाद..." उसके भीतर गहरा आत्मविश्वास भर गया था, मानो लाल झंडे का रंग उसकी आंखों में उतर आया हो। उसने हाथ की मुट्ठी कसकर हवा में कुछ इस तरह लहराई थी कि शांति एक बार तो डर ही गई थी। 'इन्हें हुआ क्या है?' उसके भयभीत मन के किसी कोने में सवाल गूंजा। वह जल्दी से एक गिलास पानी ले आई। उसके हाथों में देते हुए बोली, "चाय बनाती हूं..."

वह शांति को जाते हुए देख रहा था। अभी भी उसके भीतर 'इन्कलाब जिंदाबाद...मजदूर-मजदूर भाई-भाई' का स्वर बज रहा था।

उस रात वह ठीक से सो नहीं पाया था। तरह-तरह के सपने उसे बेचैन कर रहे थे। कभी वह जुलूस में भीड़ के साथ चल रहा था, तो कभी मंच के बहुत करीब खड़ा होकर किसी मजदूर नेता का अंगारे बरसाता भाषण सुन रहा था।

सुबह होते ही वह कुछ जल्दी ही फैक्टरी पहुंच गया था। वैसे तो फैक्टरी जल्दी पहुंचने की उसकी आदत बरसों पुरानी थी। फैक्टरी आठ बजे सुबह लगती थी, लेकिन स्वीपरों को साढ़े सात बजे ही पहुंचना पड़ता था। आज वह एक स्वीपर की तरह फैक्टरी में जल्दी नहीं पहुंचा था। उसे मजदूर नेता कॉमरेड रामऔतार पांडे का इंतजार था। वह जल्दी से जल्दी 'लाल झंडा यूनियन' का मेंबर बनना चाहता था, ताकि अपने मजदूर होने का सबूत दे सके।

रामऔतार पांडे कई बरसों से 'लाल झंडा यूनियन' का सचिव था। पूरी फैक्टरी में उसकी तूती बोलती थी। मध्यम कद और दुबले-पतले शरीर पर

लंबी-लंबी घनी मूंछें और उनके पीछे छिपी हलकी-सी कुटिल मुस्कान उसे सबसे अलग कर देती थी। गेट-सभाओं में जब पांडे भाषण देता था, तो उसकी मूंछें ही थीं, जो लगातार फड़कती रहती थीं। यदि पांडे अपनी मूंछें कटाकर फैक्टरी आ जाता, तो उसे कोई पहचान नहीं सकता था।

पांडे ने उसे बधाई देते हुए कहा था, "सुरेश, हमने कहा था न कि एक दिन तुम्हें लेबर बनवा देंगे। अब कुछ पार्टी-वार्टी हो जाए।" कहते हुए उसने अपनी मूंछों पर हाथ फेरा।

वह 'लाल झंडा यूनियन' का सदस्य बन गया था। जब भी 'गेट मीटिंग' होती, वह पूरे वक्त भीड़ में खड़ा रहता था। धीरे-धीरे उसकी सक्रियता बढ़ने लगी थी। बैनर बांधना, पोस्टर चिपकाना–सारे काम वह बढ़-चढ़कर करने लगा था। पांडे को भी ऐसे सदस्यों की जरूरत थी, जो बिना कहे आगे बढ़कर यूनियन के काम करें।

दरअसल, फैक्टरी में एक 'पीली यूनियन' भी अस्तित्व में आ गई थी। लाल झंडे के कई सक्रिय कार्यकर्ता टूटकर उसमें चले गए थे। इसीलिए सदस्य-संख्या पर भी भारी असर पड़ा था। सुरेश जैसे कार्यकर्ताओं की उसे जरूरत थी। सुरेश में उत्साह था। उसमें बदलाव आ रहा था, स्वीपर से मजदूर बनने का।

जब वह घर पहुंचकर दिन भर की गतिविधियों का ब्यौरा शांति को देता, तो शांति कुछ परेशान-सी हो जाती थी। शुरू-शुरू में उसकी समझ में नहीं आता था, लेकिन धीरे-धीरे उसकी शंकाएं बढ़ने लगी थीं। उसने दबे स्वर में एक-दो बार कहा भी था, "अजी, तुम भी किस चक्कर में पड़ गए हो...अपनी ड्यूटी करो और घर वापस आ जाओ...कुछ ऊंच-नीच हो गया, तो हम क्या करेंगे...?"

उसने शांति को डांट दिया था, "तू हमेशा रहेगी डरपोक ही...मजदूर बने हैं, तो मजदूरों का दर्द भी तो जानना पड़ेगा...कल तक मैं एक स्वीपर था...जिसके दर्द का किसी को खयाल भी नहीं था...न वे अपने दर्द को ठीक से जानते हैं...इसीलिए वे अपना कोई संगठन भी ना बना सके हैं..." शांति हैरान थी उसकी बातें सुन-सुनकर। ऐसे समय में वह चुप हो जाती थी, लेकिन उसकी बातों से खुश नहीं थी। वह उसे समझाना चाहती थी। चुप हो जाने के सिवाय उसके पास कोई रास्ता नहीं था। इसीलिए उसे अपने ऊपर खीज होने लगती थी।

पांडे के सामने भी अपने अस्तित्व का संकट आन खड़ा हुआ था। उसने कई प्रयास नए सिरे से शुरू कर दिए थे ताकि फैक्टरी में उसका दबदबा बना

रहे। जब भी वह कोई गतिविधि शुरू करता, कोई न कोई अड़चन आ जाती थी और वह तिलमिला उठता था।

इसी बीच मशीन शॉप के वर्कर मनोज जोशी की झड़प अपने अधिकारी अनवर खान से हो गई थी। बात इतनी ज्यादा बढ़ गई थी कि मनोज जोशी के निलंबन की स्थिति बन गई थी। अनवर खान ने आरोप लगाया था कि मनोज जोशी ने उसे गाली दी है और हाथापाई भी करने की कोशिश की है। पांडे को अवसर मिल गया था। मनोज जोशी उसकी यूनियन का पुराना मेंबर था। उसने मामले को सुलझाने के बजाय इसे हवा दी थी। पीली यूनियन भी अनवर खान के खिलाफ थी, लेकिन मनोज जोशी लाल झंडे का सदस्य था, इसलिए तटस्थ थी।

पांडे ने पहले तो फैक्टरी के अंदर ही 'टूल डाउन' शुरू करने की कोशिश की, लेकिन पीली यूनियन की ढुलमुल स्थिति और प्रशासन के प्रति नर्म रुख देखते हुए उसने गेट के बाहर धरना देने की घोषणा कर दी।

सुरेश ने धरने के लिए पंडाल बनाने में पूरी मेहनत की थी। अपनी साइकिल से दरियां ढोकर लाया था। उसकी तत्परता देखकर पांडे खुश था।

'धरना' शुरू होने तक सुरेश ने लगातार काम किया था। धरने में बैठने वालों में सुरेश भी एक था। वह सबसे आगे बैठा था। पांडे ने उस रोज जबर्दस्त भाषण दिया था। पांडे का एक-एक शब्द सुरेश के जिस्म में आग उड़ेल रहा था। वह हैरानी से मंत्र-मुग्ध होकर पांडे को देख रहा था। अचानक अखबार वालों के आने से पांडे के चेहरे पर खुशी की लहर दौड़ गई थी। पंडाल में धरने पर बैठे कार्यकर्ताओं में भी खलबली-सी मच गई थी। जो सबसे पीछे बैठे थे, वे उठकर आगे आ गए थे। इस अफरा-तफरी में सुरेश एकदम पीछे हो गया था। उसकी समझ में नहीं आ रहा था कि अचानक हुआ क्या है। एक व्यक्ति पांडे और धरने पर बैठे लोगों की तस्वीरें उतार रहा था। सुरेश ने उचककर देखने की कोशिश की। लेकिन तब तक फोटो खिंच चुकी थी। वह हैरान था। पंडाल बनाने और नारे लगाने में जो कहीं नहीं थे, फोटो के वक्त सबसे आगे आ गए थे। उस समय उसने याचना भरी नजरों से पांडे की ओर देखा था कि शायद वे हस्तक्षेप करें लेकिन उस वक्त पांडे अपनी बड़ी-बड़ी मूंछों के पीछे पतली-सी मुस्कान बिखेरते हुए फोटोग्राफर को एक नेताई पोज देने में व्यस्त था।

सुरेश कुछ अनमना-सा हो गया था। उसे लगा, जैसे वह इस बात से कुछ परेशान हो गया है। उसने स्वयं को समझाने की कोशिश की। उसके साथ एक

और वर्कर बैठा था। उसने उसी से पूछा, "फोटो खिंचाने के लिए ऐसी अफरा-तफरी क्यों मच गई थी?"

"यह शहर के सबसे बड़े अखबार 'दैनिक उजाला' का फोटोग्राफर था। ये फोटो कल के अखबार में छपेंगी..." उसने बताया।

सुरेश को लगा...काश! उसकी भी फोटो अखबार में छप जाती तो वह शांति को अखबार दिखाकर कहता...देख, अब मैं स्वीपर नहीं, मजदूर हूं। यूनियन में हूं। अखबार में फोटो छपी है...उसे अपनी ही सोच पर हंसी आ गई। इस विचार को अपने खयाल से झटक दिया और गहरी सांस ली।

जैसे-जैसे दोपहर हो रही थी, नारे लगाने वाले सुस्त पड़ गए थे। इसीलिए नारों को टेप करके बजाया जाने लगा था।

पांडे पंडाल के एक किनारे बैठकर प्रेस-विज्ञप्ति तैयार कर रहा था। बाकी लोग गपशप में लग गए थे।

जी.एम. को ज्ञापन देने के बाद ही धरना समाप्त हो गया था। जी.एम. ने पांडे को आश्वासन दिया था कि वे मामले की तहकीकात कराएंगे।

धरना खत्म होते ही कार्यकर्ता खिसकने लगे थे। पांडे ने सुरेश को आवाज देकर बुलाया, "कॉमरेड सुरेश, पंडाल खोलकर सारा सामान यूनियन के दफ्तर में पहुंचा देना।"

'कॉमरेड' संबोधन सुनते ही सुरेश की रगों में खून तेजी से दौड़ने लगा। उसे 'कॉमरेड' शब्द का अर्थ ठीक से पता नहीं था। फिर भी इस शब्द को सुनकर वह यह अंदाज लगाता था कि 'कॉमरेड' का कुछ खास मतलब है। पांडे को सभी 'कॉमरेड' कहकर ही बुलाते थे। अपने लिए उसने इस शब्द की कभी कल्पना भी नहीं की थी। उसने मन ही मन दोहराया...कॉमरेड सुरेश...उसे लगा, जैसे उसके भीतर घंटियां बज रही हैं।

वह और अधिक उत्साह से पंडाल खोलने में लग गया था। उसने पांडे से कहा, "आप दिन भर के थके हुए हैं, घर जाइए। मैं यह सारा सामान यूनियन के दफ्तर में पहुंचा दूंगा।"

सारा तामझाम समेटने में उसे समय लग गया था। वह अकेला था। सभी जा चुके थे। इतने सामान को वह एक बार में नहीं ले जा सकता था। तीन-चार चक्कर उसके लग गए थे। वह थककर चूर हो गया था।

जब वह घर पहुंचा, काफी देर हो चुकी थी। शांति बाहर खड़ी उसकी राह देख रही थी। उसे देखते ही बोली, "अजी, कहां रह गए थे...इतनी देर लगा

दी..."

"यूनियन का धरना था...उसी में देर हो गई," चारपाई पर निढाल लेटते हुए उसने कहा। खाना खाते वक्त शांति चुप थी। यह चुप्पी उसे कचोटने लगी थी। हर रोज दिन भर की शिकायतों का पुलिंदा इसी वक्त खुलता था, लेकिन आज मानो शांति के पास कोई शिकायत नहीं थी। आखिर जब उससे रहा नहीं गया, तो पूछ ही बैठा, "क्या बात है? इतनी चुप-सी क्यों हो?"

शांति ने जवाब नहीं दिया।

कुछ देर बाद वह स्वयं बोला, "फैक्टरी में कुछ गड़बड़ी थी। एक वर्कर का साहब से झगड़ा हो गया था। वर्कर सस्पेंड हो सकता था। इसीलिए यूनियन ने धरना दिया ताकि साहब लोग कोई एकतरफा फैसला न कर लें।"

सुरेश ने बताना शुरू किया। वह चाहता था, तमाम बातें शांति को बताए, यह भी कि पांडे ने उसे 'कॉमरेड सुरेश' कहकर पुकारा, लेकिन शांति की खामोशी ने उसकी सोच को रोक दिया।

"धरना क्या होता है?" शांति ने धीमे से पूछा।

सुरेश को फिर से बोलने का सूत्र मिल गया था। उसने पूरा किस्सा सुना डाला, लेकिन शांति के चेहरे पर वही सवाल अभी तक था।

"अजी, कल आपके साथ कुछ ऐसा-वैसा हो जावे, तो ये लोग तब भी धरने पर बैठेंगे? आपका साथ देंगे?"

"हां, देंगे। मैं भी तो यूनियन का मेंबर हूं। मैंने अकेले पंडाल लगाया। फिर खोलकर पूरा सामान वापस पहुंचाया...उनके साथ नारे लगाए...क्यों नहीं देंगे साथ..." उसने पूरे आत्मविश्वास के साथ कहा।

"नहीं, मैं तो कहती हूं कि तुम तो स्वीपर..." शांति की बात अभी पूरी भी नहीं हुई थी कि वह उखड़ गया, "स्वीपर था, अब नहीं हूं...अब मैं मजदूर हूं...कामगार...मजदूर-मजदूर भाई-भाई...इन्कलाब जिंदाबाद..." उसका स्वर तेज होने लगा था।

शांति चुपचाप उठी और बर्तन मांजने लगी। उसके मन में तरह-तरह की वे शंकाएं फिर से उठने लगी थीं, जिनके समाधान वह ढूंढ़ना चाहती थी, लेकिन ढूंढ़ने का रास्ता वह नहीं जानती थी। उसके मन में किसी कोने से एक धुंधली-सी आवाज आती थी, जहां अविश्वास का घना कुहरा फैला हुआ था।

सुरेश को एक केमिकल प्लांट में लगाया गया था, जहां दो पाली चलती थीं। हर एक पाली में तीस-चालीस वर्कर थे। प्रत्येक वर्कर को ढाई सौ ग्राम

दूध मिलता था। इस प्लांट में उसे आए अभी एक महीना भी नहीं हुआ था।

दूध लाने की ड्यूटी हर रोज किसी न किसी वर्कर की होती थी। दूध लाना और सबको बांटकर देना। उस रोज शिफ्ट सुपरवाइजर किशोरीलाल गौतम ने सुरेश की ड्यूटी लगाई थी। कुछ को एतराज था, लेकिन सभी चुप थे। हां, आपस में खुसुरफुसुर जरूर होने लगी थी। सुपरवाइजर अपने काम में व्यस्त हो गया था।

सुरेश दूध लेकर आ गया था। उसने दूध लाने के बाद सभी को आवाज देकर बता दिया था, लेकिन कहीं कोई हरकत नहीं हुई थी। और दिनों की तरह कोई दूध लेने की बेताबी नहीं दिखा रहा था। सभी अपने-अपने काम में लगे होने का दिखावा कर रहे थे।

सुरेश दूध की केन के पास खड़ा, उनके आने का इंतजार कर रहा था। जब घंटे भर तक भी कोई दूध लेने नहीं आया, तो उसकी परेशानी बढ़ गई थी। उसकी समझ में यह नहीं आ रहा था कि वह क्या करे। ज्यादा देर होने पर दूध फट सकता था।

आखिर थक-हारकर उसने सुपरवाइजर से कहा, "साहब, दूध ले आया हूं...लेकिन...कोई दूध ले नहीं रहा है।"

"क्यों?" सुपरवाइजर ने हैरानी से पूछा।

"पता नहीं साहब..." सुरेश कुछ नर्वस होने लगा था।

"ठीक है, तुम यहीं रुको...दूध के पास..." सुपरवाइजर ने हिदायत दी।

किशोरीलाल गौतम की भी समझ में नहीं आ रहा था कि आखिर माजरा क्या है? वह हर रोज देखता था कि दूध लेने के लिए कैसी आपाधापी मचती थी। आज अचानक क्या हो गया है? दूध के लिए होने वाली छीना-झपटी को देख-देखकर वह तंग आ गया था, लेकिन आज तो स्थिति ही अलग थी।

उसने शिफ्ट मुकादम को बुलाया, "मिस्त्री, आज कोई भी दूध क्यों नहीं ले रहा है?"

मिस्त्री ने कोई उत्तर नहीं दिया, हां, धीमे से कहा, "साहब, सुरेश को यह ड्यूटी मत दीजिए।"

मशीन के शोर में सुपरवाइजर तक मिस्त्री की आवाज नहीं पहुंची। सुपरवाइजर ने अब्दुल कादिर को इशारे से बुलाया। अब्दुल कादिर सुपरवाइजर का चहेता वर्कर था। उसे एक किनारे ले जाकर उसने पूछा, "अब्दुल...दूध नहीं लेने का क्या चक्कर है?"

"साहब, जाने दो...नहीं लेते हैं, तो न लें। आपने तो मंगा दिया है, आपकी जिम्मेदारी खत्म।" अब्दुल ने भी टालने की कोशिश की।

"नहीं...लेकिन पता तो चले?" सुपरवाइजर ने जोर दिया।

"साहब, सुरेश को इस काम पर मत लगाइए," अब्दुल ने कहा।

"लेकिन क्यों?" सुपरवाइजर ने ताज्जुब से पूछा।

"अब आपको क्या बताएं..." अब्दुल ने टालना चाहा।

"खुलकर बोलो...बात क्या है?" सुपरवाइजर ने और अधिक जोर देकर पूछा।

"साहब, आपको नहीं पता...सुरेश स्वीपर है...उसके हाथ की चीज कोई कैसे खा-पी सकता है," अब्दुल ने आखिर रहस्य खोल ही दिया।

किशोरीलाल गौतम को लगा, जैसे वर्कशॉप की छत उसके सिर पर गिर पड़ी है और उसका वजूद मलबे में दब गया है। वह जैसे जोर-जोर से चीख रहा है...मुझे मलबे से निकालो...मेरा दम घुट रहा है।

सुरेश अभी भी दूध की रखवाली कर रहा था। एक-एक पल उसे भारी लग रहा था। 'मजदूर-मजदूर भाई-भाई' का नारा आज उसके रक्त-प्रवाह को तेज नहीं कर रहा था। उसकी आंखों के सामने एक अजीब-सा अंधेरा घिर रहा था। उसने सुपरवाइजर की ओर देखा। वह बहुत गुस्से में उसकी ओर आ रहा था। चीखकर बोला, "जाओ, उस पांडे को बुलाकर लाओ!"

# बपतिस्मा

मसूरी की हरी-भरी वादियों में गूंजती रमजानी की बांसुरी राह चलते को भी बरबस अपनी ओर खींचकर मंत्रमुग्ध कर देती थी। रमजानी वहां के चप्पे-चप्पे से वाकिफ था। मसूरी को वह जैसे पहचानता था, वैसे ही मसूरी भी उसे पहचानती थी। लंढौर, घंटाघर, माल रोड, किताबघर, पिक्चर पैलेस, हैप्पी वेली, झड़ी पानी, बारलूगंज, कुल्लू खेत, टोल टैक्स, भट्टागांव, कुठाल गेट, कोई ऐसी जगह नहीं थी, जहां रमजानी ने अपनी बांसुरी के सुर न बिखेरे हों। रमजानी के दो ही रंग थे-संगीत और शायरी। उसके चाहने वालों में थे-डांडी खींचने वाले, सफाईकर्मी, सब्जी वाले, घोड़े वाले, खोमचा लगाने वाले, जूते चमकाने वाले, छोटे दुकानदार, घरेलू नौकर, चलते-फिरते फोटोग्राफर, यानी वे तमाम लोग जो मसूरी आने वालों की आमद पर अपनी जीविका चलाते थे। इन सबके लिए वह रमजानी चाचा था। यहां तक कि उम्र में रमजानी से बड़े भी उसे रमजानी चाचा ही कहकर बुलाते थे।

रमजानी चाचा लंढौर के एक छोटे से मकान में रहता था। जो किसी जमाने में अंग्रेज साहब की कोठी का एक हिस्सा था, जिसे सर्वेंट क्वार्टर कहा जाता था। रमजानी चाचा ने अपनी जवानी के दिन अंग्रेज साहब की खिदमत में गुजारे थे। तमाम विपरीत परिस्थितियों में भी रमजानी चाचा ने संगीत और शायरी की अपनी रुचि को बरकरार रखा था।

रमजानी चाचा ने जिंदगी को जब-जब भी मुट्ठी में कसकर पकड़ना चाहा, वह पहाड़ की रपटीली ढलान पर फिसलती ही चली गई। रमजानी के बाप ने उसका विवाह एक ऐसे परिवार में कर दिया था, जो कहने को तो सफाईकर्मी ही था, लेकिन अंग्रेजों के प्रभाव से वे ईसाई हो गए थे। यानी रमजानी की पत्नी मारिया ईसाई थी। रमजानी का परिवार बढ़ा तो बच्चे भी मां के साथ चर्च जाने लगे। घर का माहौल ईसाइयत से भरता चला गया। लेकिन रमजानी इस

माहौल से अछूता ही रहा। पत्नी मारिया के दबावों के बावजूद वह ईसाई नहीं बना। इसका असर पारिवारिक जीवन पर पड़ा। दोनों के बीच फासला बढ़ने लगा। एक ही छत के नीचे रहते हुए भी एक-दूसरे के लिए अजनबी होते गए। जितना वह मारिया से कटता गया, उतना ही मसूरी से लगाव बढ़ता गया। मसूरी उसकी रगों में धड़कती थी। झड़ी पानी, टोल टैक्स की चाय की दुकान उसका खास अड्डा था, जहां बैठकर वह मसूरी आने-जाने वालों के चेहरे पढ़ने की कोशिश करता था। हंसते, खिलखिलाते सैलानियों को देखकर वह खुशी से झूम उठता था। उसे लगता था जैसे हर यात्री उसका मेहमान है। सर्पीली सड़कों पर सरकती गाड़ियों को देखना उसे अच्छा लगता था। माल रोड का चप्पा-चप्पा उसका अपना था। माल रोड से किताबघर और फिर झड़ी पानी, टोल टैक्स, यह रोजमर्रा का काम था।

इन सबके बाद भी वह अपने बच्चों पर जान छिड़कता था। मारिया ने बच्चों का बपतिस्मा करा दिया था, और नाम भी डैनी, मैसी रखे गए थे। लेकिन रमजानी के लिए वे चुन्नू, मुन्नू ही थे। उनकी छोटी से छोटी जरूरत भी उसके लिए खास होती थी।

कई बार उसे मुसलमान समझ लिया जाता था। ऐसे में रमजानी अपने खास अंदाज में हंसकर कहता था, 'मियां, हम रमजानी जरूर हैं, लेकिन रमजान से हमारा कोई ताल्लुक नहीं है। पैदा हम एक सफाईकर्मी के घर हुए हैं, जिन्हें कोई जमादार कहता है, कोई भंगी, कोई मेहतर। हमारे बापू गुस्से में आकर कभी लाल-बेगी की औलाद कहते, तो कभी हलालखोर, लेकिन हमें आज तक यह समझ में नहीं आया कि एक इंसान के लिए हिंदू, मुसलमान, ईसाई, बामन, बनिया, शूद्र होना क्यों जरूरी है। मियां, इस टंटे से हमें दूर ही रक्खो...हम ऐसे ही ठीक हैं...इतना समझ लो कि जीते-जी तो इस धरम-वरम, जात-बिरादरी के प्रपंच में फंसेंगे नहीं...धर्म से बड़ा फरेब और कुछ है ही नहीं...'

रमजानी चाचा का यह अंदाज जिंदगी का फलसफा था, जिसने मसूरी की वादियों का एक ऐसा जिंदादिल इंसान बना दिया था, जिसे हर कोई अपना समझता था। सर्द हवाओं की तरह वह हर किसी के दिल में उतर जाता था।

एक रोज रमजानी झड़ी पानी से वापस घर लौट रहा था। उसने देखा रास्ते में एक्सीडेंट हो गया है। कई लोगों को चोटें आई हैं, जिन्हें तत्काल मदद की जरूरत है, लेकिन उस वक्त कोई मदद नहीं मिल पा रही थी। देहरादून के फादर डिसूजा भी घायलों में एक थे, जिन्हें सबसे ज्यादा चोट लगी थी। यदि उन्हें

जल्दी अस्पताल न पहुंचाया गया तो शायद...रमजानी ने ज्यादा समय गंवाना ठीक नहीं समझा। फादर को अपनी पीठ पर लादा और मसूरी की ओर चल पड़ा। सिर्फ अस्पताल में ही भर्ती नहीं किया, अपना खून देकर उनकी जान भी बचाई थी। लोग हैरान थे कि एक घायल को पीठ पर लादकर कोई इतनी चढ़ाई चढ़ सकता है। रमजानी ने यह सब कर दिखाया था और फादर डिसुजा स्वस्थ होकर घर लौट गए थे। मसूरी के लोग इस घटना को भूले नहीं थे।

वही रमजानी उस रात ऐसी गहरी नींद में सोया कि सुबह जगाने पर भी नहीं उठा। सोते-सोते ही उसकी धड़कनें बंद हो गई थीं। झोले में पड़ी बांसुरी भी खामोश थी। रमजानी की फूंक के बगैर वह भी अस्तित्वहीन हो गई थी।

रमजानी की मौत की खबर पूरी मसूरी में फैल गई थी। पोर-पोर जमा देने वाली ठंड में लोग रमजानी को अंतिम विदाई देने आए थे। लंढौर में इतने लोग आज तक कभी जमा नहीं हुए थे। रिश्तेदारों से लेकर वे तमाम लोग थे जिनके बीच रमजानी का वक्त गुजरता था। झड़ी पानी तक से लोग आए थे। सभी की आंखें नम थीं।

सुबह से दोपहर हो गई थी लेकिन वहां कोई तैयारी दिखाई नहीं पड़ रही थी। सभी हैरान थे। कोई नहीं बता पा रहा था कि कब लेकर चलेंगे। अशरफी लाल रमजानी का चचेरा भाई था, जो खबर मिलते ही आ गया था। वहां किसी भी किस्म की कोई तैयारी न देखकर बोला, "डैनी, बेटा तैयारी शुरू करो...किसी को अर्थी का सामान लेने भेजा है या नहीं? ज्यादा देर करना ठीक नहीं है... आजकल तो शाम भी कुछ जल्दी ही हो जाती है।"

"अंकल, ताबूत बन रहा है, थोड़ा टाइम तो लगेगा ही। ताबूत आ जाए तो फिर फादर को चर्च से ले आएंगे। चर्च में खबर तो भेज दी थी सुबह ही।" डैनी ने सहजभाव से कहा।

डैनी रमजानी का बड़ा बेटा था। उसकी बात सुनकर अशरफी लाल हैरान ही नहीं, दुखी भी हुआ था। डैनी को एक किनारे ले जाकर उसने धीमे से कहा, "डैनी, ताबूत क्यों? रमजानी ईसाई तो नहीं था। फिर फादर को क्यों बुलाया है?"

"अंकल, डैडी का तो कोई रिलीजन था ही नहीं...लेकिन हम तो मानते हैं। मम्मी ईसाई हैं और हम दोनों भाई भी। फिर डैडी को चिता पर रखकर हम जला कैसे सकते हैं?" डैनी ने अशरफी लाल को समझाने की कोशिश की।

"लेकिन बेटा...! यह तो मरने वाले के साथ नाइंसाफी होगी..." अशरफी लाल ने गहरा दु:ख जताया।

डैनी भड़क गया था। तीखे अंदाज में बोला, "अंकल, यह हमारा अधिकार है कि हम डैडी का अंतिम क्रिया-करम कैसे करें।"

"हां, तुम्हारा हक है...लेकिन बेटा, हम भी गैर नहीं हैं। वह मेरा भाई था। आखिरी समय तक उसने रिश्ता निभाया है। उसके जज्बातों को मैं अच्छी तरह जानता हूं।" कहकर अशरफी लाल चुप हो गया था। धीमे शब्दों में अपनी नाराजगी जाहिर की, "तुम लोगों ने जीते-जी उसकी भावनाओं की कद्र नहीं की। पूरा शहर उसके इंसानियत के जज्बे के कारण यहां खड़ा है। उन्हें न धर्म से मतलब है, न कर्म से...वे अपने रमजानी चाचा की मौत पर शोक करने आए हैं...उनका तो खयाल करो..." अशरफी लाल गहरे संताप से गुजर रहा था। उसके एक-एक शब्द में रमजानी के जज्बातों का अक्स उतर आया था।

"अंकल, आप तो ऐसे कह रहे हैं जैसे हमने उन्हें मारा-पीटा हो, घर से बाहर निकाल दिया हो। दिन भर यहां-वहां मटरगश्ती करते थे, हमने कभी उन्हें कुछ कहा...ईसाई नहीं बने तो यह भी हमारा दोष था...सच तो यह है अंकल कि वे हिंदू भी नहीं थे।" डैनी ने पलटवार किया। उसके शब्द बर्फ के छोटे-छोटे कणों की तरह सर्द हवाओं में तैर रहे थे।

अशरफी लाल ने डैनी के सवाल को गंभीरता से लेते हुए कहा, "हां, वह किसी भी धर्म को नहीं मानता था। धर्म के नाम से ही उसे घृणा थी। लेकिन कुछ सामाजिक रीतियां होती हैं जिनका धर्म से कोई मतलब नहीं होता है, इसीलिए कह रहा हूं रमजानी के मन को समझकर, उनका आखिरी किरिया-करम समाज के अनुसार होने दो।" अशरफी लाल ने अपने भीतर उठते कोलाहल को शांत करने की कोशिश की।

"नहीं अंकल, हमें अपना काम करने दो...आप इसमें कोई बखेड़ा मत खड़ा करो। आप यहां आराम से बैठिए...आप डैडी के भाई हैं...लेकिन हमें तो उन्होंने जन्म दिया है...उन्हें अपमानित करने के लिए हम यह सब नहीं कर रहे हैं... अंकल, यह भी तो नहीं हो सकता कि पंडित को बुलाकर पूजा-पाठ कराएं? अगर आपको ईसाई धर्म के अनुसार क्रिया-कर्म करना नागवार लग रहा है तो हमें भी तो वह सब नागवार लगता है, जिसके लिए आप हमें कह रहे हैं।" डैनी ने अपने मन की बात साफ शब्दों में कह दी।

अशरफी लाल दुखी मन से बाहर सड़क पर आ गया था, जहां बाकी लोग

बैठे इंतजार कर रहे थे। उसके मन में गहरी वितृष्णा भर गई थी। वह नहीं चाहता था कि रमजानी की मृत देह को किसी भी धर्म के बंधनों में बांधा जाए।

दोपहर बाद धूप ढलने लगी थी। ताबूत आ गया था, लेकिन फादर का कहीं अता-पता नहीं था। सुबह से आधे लोग खिसकने लगे थे। डैनी ने मैसी को दुबारा जाने के लिए कहा, "जाकर पता करो, फादर अभी तक क्यों नहीं आए हैं, जल्दी आने के लिए कहना। सर्दी के दिन हैं, शाम जल्दी हो जाती है।"

मैसी चर्च की ओर चल दिया था। लोगों की भीड़ भी कम होने लगी थी। आखिर लोग इंतजार भी करते तो कब तक। कोई तैयारी भी तो दिखाई नहीं दे रही थी। लोगों में फुसफुसाहट शुरू हो गई थी। हर कोई जानना चाहता था कि अब कितनी देर है? लेकिन वहां कोई हलचल नहीं थी।

घंटे भर बाद मैसी लौटकर आया था, लेकिन बैरंग। फादर को न देखकर डैनी ने पूछा, "क्या हुआ? फादर कहां हैं?"

"फादर नहीं आएंगे।" मैसी ने उदासी से कहा।

"क्यों?" डैनी का लहजा बदल गया था।

"फादर का कहना है कि डैडी ईसाई नहीं थे। उनका बपतिस्मा नहीं हुआ था। इसीलिए फादर उनका क्रिया-करम नहीं करेंगे।" मैसी ने फादर से हुई बातचीत का ब्यौरा दिया।

डैनी हक्का-बक्का रह गया था। इस स्थिति का पूर्व अनुमान किसी को भी नहीं था। उसने दुखी मन से यह सूचना मारिया को दी, "मम्मी, फादर ने आने से मना कर दिया है।"

"मना कर दिया है! क्यों?" मारिया को भी झटका-सा लगा।

"फादर का कहना है–डैडी ने बपतिस्मा नहीं लिया था।" डैनी ने गहरे अवसाद से कहा।

सभी के चेहरे उतर गए थे। बचे-खुचे लोग भी इंतजार करके जाने लगे थे। शाम का धुंधलका घिरने में ज्यादा देर नहीं थी।

काफी सोच-विचार के बाद, डैनी स्वयं चल दिया था, फादर से मिलने। रमजानी की देह अपनी अंतिम यात्रा का इंतजार कर रही थी। पास ही रखा खाली ताबूत जैसे मुंह चिढ़ा रहा था।

डैनी जब चर्च के गेट में घुसा, बत्तियां जलने लगी थीं। फादर अपने निवास

पर ही थे। डैनी को देखते ही बोले, "सन, मैं मजबूर हूं...मैं इसमें कुछ भी नहीं कर सकता हूं।"

"नहीं फादर, ऐसा मत कहिए।" डैनी ने लगभग गिड़गिड़ाते हुए कहा।

"मेरी भी मजबूरी है...इसे भी तो समझो।" फादर ने कहा।

"फादर, हमारी इज्जत का सवाल है। घर पर आए सभी लोग लौटकर जा चुके हैं। डेड बॉडी घर में रखी है। मम्मी का रोना देखा नहीं जाता। वह जिंदगी भर डैडी से लड़ती रहीं कि बपतिस्मा ले लो...लेकिन वे अपनी ही जिद पर अड़े रहे। धर्म को लेकर उनका रवैया अच्छा नहीं था। लेकिन फादर उन्होंने न मम्मी को चर्च आने से रोका, न हमें। क्रिसमस पर वे हमेशा हंसी-खुशी से शामिल होते थे। हमारे लिए नए कपड़े बनवाते थे, हमें तोहफे देते थे...धार्मिक कर्मकांड में उनकी कोई रुचि नहीं थी। संगीत और शायरी को ही अपना धर्म मानते थे...अब आप ही बताइए फादर हम क्या करें? क्या हम अपने घर में पंडित बुलाकर पूजा कराएं...डैडी को चिता पर लिटाकर आग लगा दें...नहीं फादर ...मम्मी और हम दोनों भाई मसीही परिवार का हिस्सा हैं। ऐसे वक्त में अगर आपने साथ नहीं दिया तो हमारा विश्वास टूट जाएगा...फादर! क्या हम वापस उसी जहन्नुम में चले जाएं, जहां से हम प्रभु यीशु की शरण में आए थे...बताइए फादर...हमें इस वक्त आपके साथ की जरूरत है...आप..." डैनी का गला रुंध गया था। वह फफक पड़ा था।

फादर खामोशी से उसे देख रहे थे...वे एक ऐसे अंतर्द्वंद्व में फंस गए थे जिसका कोई भी उत्तर उनके पास नहीं था। काफी देर वे ऐसे ही चुपचाप खड़े रहे। डैनी की आंखों में आंसू थे, जिनमें ढेरों सवाल थे, जिनका उत्तर ढूंढ़ना फादर के लिए काफी मुश्किल था।

कुछ देर दोनों खामोशी से एक-दूसरे को देख रहे थे। आखिर फादर ने खामोशी को तोड़ते हुए कहा, "डैनी, रात काफी हो गई है...तुम घर जाओ...मुझे थोड़ा वक्त चाहिए। कल सुबह मैं तुम्हारे घर आता हूं...देखते हैं क्या हो सकता है। रात-रात की बात है...तुम चलो...उम्मीद है मेरी मजबूरियों को समझने की कोशिश करोगे..." फादर के शब्द जैसे गहरे अंधेरे में डूबी घाटियों से आ रहे थे, जिन्हें ठीक से सुनना डैनी के लिए कठिन था।

वह भारी कदमों से लौट आया था। चर्च से घर तक का रास्ता उसके लिए लाल टिब्बा की चढ़ाई से भी ज्यादा थका देने वाला था। एक ही सवाल उसे परेशान कर रहा था—मम्मी को क्या जवाब देगा? मम्मी के सवालों से सामना

करने की हिम्मत अब उसमें नहीं रह गई थी। घर पहुंचकर वह एक कोने में बैठ गया था। चेहरे पर हताशा की रेखाएं गहरी हो गई थीं। उसे इस तरह बैठा देखकर बाकी लोग भी निराश हो गए थे। चारों ओर गहरा सन्नाटा था जिसमें हर कोई अपनी सांसों का शोर सुन सकता था। खाली पड़े ताबूत की ओर देखना किसी के लिए भी संभव नहीं था। ज्यादातर लोग अपने-अपने घर लौटकर जा चुके थे। वहां रह गए थे सिर्फ नजदीकी रिश्तेदार और परिवार के लोग। अशरफी लाल भी 'सुबह आता हूं' कहकर चल दिया था। डैनी ने बैठे-बैठे ही उनकी ओर हाथ जोड़ दिए थे।

सुबह होते ही फादर का इंतजार होने लगा था। घर में शांति थी, लेकिन हर किसी के भीतर अजीब-सी कशमकश थी। हर कोई बेचैन था। मारिया के मन में एक ऐसी व्यथा भर गई थी, जिसे वह सहन नहीं कर पा रही थी। "डैनी, फादर अभी तक आए नहीं...तुम एक बार और जाकर देख लो, आखिर फादर आ क्यों नहीं रहे हैं...?"

"मम्मी, थोड़ी देर और देख लेते हैं..." डैनी ने मम्मी को दिलासा दिया।

सभी की आंखें सड़क की ओर लगी थीं। आसमान में बादलों के एक झुंड ने लंढौर के ऊपर अंधेरे की चादर फैला दी थी, जिसके कारण अचानक ठंड बढ़ गई थी। मारिया के अंतस में बार-बार एक ही हूक-सी उठ रही थी, जो भीतर ही भीतर उसे कचोट रही थी-'कमबख्त ने मेरी बात मान ली होती तो यह दिन तो देखना न पड़ता...अपनी जिद पर अड़ा रहा...'

दोपहर होने को आई थी, लेकिन फादर का दूर-दूर तक अता-पता नहीं था। डैनी सड़क पर आकर खड़ा हो गया था। काफी देर बाद सड़क के मोड़ पर सफेद कपड़ों की एक झलक दिखाई दी। उसे लगा फादर ही हैं शायद। वह उचक-उचककर देखने लगा था। लेकिन मोड़ के बाद सड़क का तेज घुमाव था, इसीलिए कुछ भी दिखाई नहीं दे रहा था। काफी देर बाद फादर दिखाई पड़े। वे चढ़ाई चढ़ रहे थे। डैनी चिल्लाया, "मम्मी, फादर आ रहे हैं।" डैनी की आवाज में उम्मीद की झलक थी। उसकी आवाज सुनकर सभी बाहर आ गए थे। फादर चढ़ाई चढ़ चुके थे। अब वे उनकी ओर ही आ रहे थे। सभी के चेहरे आशावान हो उठे थे। निराशा की धुंध छंटने लगी थी। बादलों को चीरकर धूप का एक कतरा दिखाई दिया।

फादर ने आते ही कहा, "देखो, मुश्किल काम है...फिर भी आप लोग चाहें तो डेड बॉडी को चर्च में लेकर आ जाओ...पहले रमजानी का बपतिस्मा होगा

उसके बाद ही..."

फादर की बात सुनकर सभी के चेहरे उतर गए थे। फादर के आ जाने की खुशी चेहरों से गुम हो गई थी। सभी एक-दूसरे का मुंह देखने लगे थे। मारिया की आंखों के सामने जैसे अंधेरा घिर आया था। लगा जैसे वह मूर्च्छित हो जाएगी। लेकिन उसने खुद को संभाला। दुखी स्वर में बोली, "फादर, हमें मंजूर है...जैसा आप ठीक समझें।" मारिया की आंखों से आंसू निकल पड़े थे। गला भर्रा गया था।

"मारिया, हौसला रखो। मैं जाकर तैयारी करता हूं। जितना जल्दी हो सके, डेड बॉडी को लेकर चर्च आ जाओ।" फादर ने मारिया को आश्वस्त किया।

"ठीक है फादर...." मारिया ने आंसू पोछते हुए हामी भरी।

फादर के जाते ही, वे भी तैयारी में लग गए थे। जितने लोगों को खबर दी जा सकती थी, वह दी गई थी। मृत देह को ताबूत में रख दिया गया था।

शाम का धुंधलका घिरने लगा था। थोड़े से लोग रमजानी को लेकर चर्च की ओर चल पड़े थे। चर्च में पहुंचते-पहुंचते अंधेरा हो गया था। फादर ने विधिपूर्वक बपतिस्मा की रस्म पूरी करके रमजानी को मसीह परिवार में शामिल कर लिया था। जिंदगी भर रमजानी धर्म को फरेब बताता रहा था। मरने के बाद पूरी धार्मिक विधि से दफनाया गया था। उस वक्त वह नितांत अकेला था। जिस मसूरी के लिए उसका दिल धड़कता था, वह उसे अंतिम विदा देने नहीं आ पाई थी। उसकी बांसुरी, डांडी खींचने वाले, घोड़े वाले, मजदूर, सफाईकर्मी, जूते चमकाने वाले, खोमचे वाले, छोटे दुकानदार, इस अंतिम विदाई के समय, कहीं दूर, बहुत दूर छूट गए थे।

रात के अंधेरे में निकली इस यात्रा को मसूरी के लोग हैरानी से देख रहे थे।

# पच्चीस चौका डेढ़ सौ

पहली तनख्वाह के रुपए हाथ में थामे सुदीप अभावों के गहरे अंधकार में रोशनी की उम्मीद से भर गया था। एक ऐसी खुशी उसके जिस्म में दिखाई पड़ रही थी, जिसे पाने के लिए उसने असंख्य कंटीले झांड़-झंखाड़ों के बीच अपनी राह बनाई थी। हथेली में भींचे रुपयों की गर्मी उसकी रग-रग में उतर गई थी! पहली बार उसने इतने रुपए एक साथ देखे थे।

वह वर्तमान में जीना चाहता था लेकिन भूतकाल उसका पीछा नहीं छोड़ रहा था। हर पल उसके भीतर वर्तमान और भूत की रस्साकसी चलती रहती थी। अभावों ने कदम-कदम पर उसे छला था। फिर भी उसने स्वयं को किसी तरह बचाकर रखा था। इसीलिए यह मामूली नौकरी भी उसके लिए बड़ी अहमियत रखती थी।

नई-नई नौकरी में छुट्टियां मिलना कठिन होता है। उसे भी आसानी से छुट्टी नहीं मिली थी। उसने रविवार की छुट्टियों में अतिरिक्त काम किया था, जिसके बदले उसे दो दिन का अवकाश मिल गया था। वह पहली तनख्वाह मिलने की खुशी अपने मां-बाप के साथ बांटना चाहता था।

स्कूल की पढ़ाई और नौकरी के बीच समय और हालात की गहरी खाई को वह पाट नहीं सकता था। फिर भी खाई के बीच जो कुछ भी था, उसे सांत्वना देकर उसकी पीड़ा को तो वह कम कर ही सकता था। सुख-दुःख के चंद लम्हे आपस में बांटकर पीड़ा कम हो जाती है। उसने इस पल के इंतजार में एक लंबा सफर तय किया था। ऐसा सफर, जिसमें दिन-रात और मान-अपमान के बीच अंतर ही नहीं था।

शहर से गांव तक पहुंचने में दो-ढाई घंटे से ज्यादा का समय लग जाता था, इसीलिए वह सुबह ही निकल पड़ा था। बस अड्डे पर आते ही उसे बस मिल गई थी। बस में काफी भीड़ थी। बड़ी मुश्किल से उसे बैठने की जगह

मिल पाई थी।

कंडक्टर किसी यात्री पर बिगड़ रहा था, "इस सामान को उठाओ। छत पर रखो। आने-जाने का रास्ता बंद ही कर दिया है। किसका है यह सामान?" कंडक्टर ने ऊंचे और कर्कश स्वर में पूछा।

एक दुबला-पतला सा ग्रामीण धीमे स्वर में बोला, "जी, मेरा है।" कंडक्टर ने ग्रामीण के वजूद को तौलते हुए आवाज सख्त करके लगभग दहाड़ते हुए कहा, "तेरा है तो इसे अपने पास रख। यहां रास्ते में अड़ा दिया है? उठा इसे।"

ग्रामीण ने गिड़गिड़ाकर अजीब-सी आवाज में कहा, "साहब...नजदीक ही उतरना है।"

सुदीप जब भी किसी को गिड़गिड़ाते देखता है तो उसे अपने पिताजी की छवि याद आने लगती है, ऐसे में उसका पोर-पोर चटखने लगता है, जैसे कोई धीरे-धीरे उसके जिस्म पर आरी चला रहा हो।

उसने कंडक्टर की ओर देखा। कंडक्टर का तोंदियल शरीर कपड़े फाड़कर बाहर आने को छटपटा रहा था। बनैले सुअर की तरह उसके चेहरे पर पान से रंगे दांत, उसकी भव्यता में इजाफा कर रहे थे। सुदीप को लगा, जंगली सुअर बस की भीड़ में घुस आया है।

उसने सहमकर सहयात्री की ओर देखा, जो निरपेक्ष भाव से अपने खयालों में गुम था। सुदीप ने ग्रामीण पर नजर डाली, जो अभी तक दयनीयता से उबर नहीं पाया था।

उसके भीतर पिताजी की छवि आकार लेने लगी। वह दिन स्मृति में दस्तक देने लगा, जब पिताजी उसे लेकर स्कूल में दाखिल कराने गए थे। उनकी बस्ती के बच्चे स्कूल नहीं जाते थे। पता नहीं पिताजी के मन में यह विचार कैसे आया कि उसे स्कूल में भर्ती कराया जाए, जबकि पूरी बस्ती में पढ़ाई-लिखाई की ओर किसी का ध्यान नहीं था।

पिताजी लंबे-लंबे डग भरकर चल रहे थे। उसे उनके साथ चलने में दौड़ना पड़ता था। उसने मैली-सी एक बदरंग कमीज और पट्टेदार निक्करनुमा कच्छा पहन रखा था। जिसे थोड़ी-थोड़ी देर बाद ऊपर खींचना पड़ता था।

स्कूल के बरामदे में पहुंचकर पिताजी पल भर के लिए ठिठके। फिर धीरे-धीरे चलकर इस कमरे से उस कमरे में झांकने लगे। हर एक कमरे में अंधेरा था, जिसमें बच्चे पढ़ रहे थे। मास्टर कुर्सियों पर उकड़ूं बैठे बीड़ी पी रहे

थे या ऊंघ रहे थे। पिताजी फूल सिंह मास्टर को ढूंढ़ रहे थे। दो-तीन कमरों में झांकने के बाद एक छोटे से कमरे की ओर मुड़े। उस कमरे में अन्य कमरों से ज्यादा अंधेरा था। फूल सिंह मास्टर अकेले बैठे बीड़ी पी रहे थे।

उन्हें दरवाजे पर देखकर फूल सिंह मास्टर खुद ही बाहर आ गए थे। पिताजी ने मास्टर जी को देखते ही दयनीय स्वर में गिड़गिड़ाकर कहा, "मास्टर जी, इस जातक (बच्चे) कू अपणी सरण में ले लो। दो अच्छर पढ़ लेगा तो थारी दया ते यो बी आदमी बंण जागा। म्हारी जिनगी बी कुछ सुधर जागी।"

सुदीप पिताजी की उस मुद्रा को भूल नहीं पाया। वे हाथ जोड़कर झुके खड़े थे। फूल सिंह मास्टर ने बीड़ी का टोंटा अंगूठे के इशारे से दूर उछाला और पिताजी को लेकर हेडमास्टर के कमरे में चले गए।

सुदीप का दाखिला हो गया था। पिताजी खुश थे। उनकी खुशी में भी वही गिड़गिड़ाहट झलक रही थी। वे झुक-झुककर मास्टर फूल सिंह को सलाम कर रहे थे।

बस हिचकोले खा-खाकर रेंग रही थी। आसपास के यात्रियों ने बीड़ी-सिगरेट का धुआं ऐसे उगलना शुरू कर दिया था, जैसे सभी अपनी-अपनी दुश्चिंताओं को धुएं के बादलों में विलीन कर देंगे। उसने अपने पास की खिड़की का शीशा सरकाया। ताजा हवा की हलकी-हलकी सरसराहट भीतर घुस आई।

उसकी स्मृति में स्कूल के दिन एक के बाद एक लौटकर आने लगे। दूसरी कक्षा तक आते-आते वह अच्छे विद्यार्थियों में गिना जाने लगा था। तमाम सामाजिक दबावों और भेदभावों के बावजूद वह पूरी लगन से स्कूल जाता रहा। सभी विषयों में वह ठीक-ठाक था। गणित में उसका मन कुछ ज्यादा ही लगता था।

मास्टर शिवनारायण मिश्रा ने चौथी कक्षा के बच्चों से पंद्रह तक पहाड़े याद करने के लिए कहा था। लेकिन सुदीप को चौबीस तक पहाड़े पहले से ही अच्छी तरह याद थे। मास्टर शिवनारायण मिश्रा ने शाबाशी देते हुए पच्चीस का पहाड़ा याद करने के लिए सुदीप से कहा।

स्कूल से घर लौटते ही सुदीप ने पच्चीस का पहाड़ा याद करना शुरू कर दिया। वह जोर-जोर से ऊंची आवाज में पहाड़ा कंठस्थ करने लगा। पच्चीस एकम पच्चीस, पच्चीस दूनी पचास, पच्चीस तियां पचहत्तर, पच्चीस चौका सौ...।

पिताजी बाहर से थके-हारे लौटे थे। उसे पच्चीस का पहाड़ा रटते देखकर

उनके चेहरे पर संतुष्टि-भाव तैर गए थे। थकान भूलकर वे सुदीप के पास बैठ गए थे। वैसे तो उन्हें बीस से आगे गिनती भी नहीं आती थी, लेकिन पच्चीस का पहाड़ा उनकी जिंदगी का अहम पड़ाव था, जिसे वे अनेक बार अलग-अलग लोगों के बीच दोहरा चुके थे। जब भी उस घटना का जिक्र करते थे, उनके चेहरे पर एक अजीब-सा विश्वास चमक उठता था।

सुदीप ने पच्चीस का पहाड़ा दोहराया और जैसे ही पच्चीस चौका सौ कहा, उन्होंने टोका।

"नहीं बेट्टे...पच्चीस चौका सौ नहीं...पच्चीस चौका डेढ़ सौ...," उन्होंने पूरे आत्मविश्वास से कहा।

सुदीप ने चौंककर पिताजी की ओर देखा। समझाने के लहजे में बोला, "नहीं पिताजी,...पच्चीस चौका सौ...ये देखो गणित की किताब में लिखा है।" "बेट्टे, मुझे किताब क्या दिखावे है। मैं तो हरफ (अक्षर) बी ना पिछाणूं। मेरे लेखे तो काला अच्छर भैंस बराबर है। फिर बी इतना तो जरूर जाणूं कि पच्चीस चौका डेढ़ सौ होवे है।" पिताजी ने सहजता से कहा। "किताब में तो साफ-साफ लिक्खा है—पच्चीस चौका सौ..." सुदीप ने मासूमियत से कहा।

"तेरी किताब में गलत बी तो हो सके...नहीं तो क्या चौधरी झूठ बोल्लेंगे? तेरी किताब से कहीं ठाड्डे (बड़े) आदमी हैं चौधरी जी। उनके धोरे (पास) तो ये मोट्टी-मोट्टी किताबें हैं...वह जो तेरा हेडमास्टर है वो बी पांव छुए है चौधरी जी के। फेर भला वो गलत बतावेंगे...मास्टर से कहणा सही-सही पढ़ाया करे...।" पिताजी ने उखड़ते हुए कहा।

"पिताजी...किताब में गलत थोड़े ही लिक्खा है...।" सुदीप रुआंसा हो गया।

"तू अभी बच्चा है। तू क्या जाणे दुनियादारी। दस साल पहले की बात है। तेरे होणे से पहले तेरी म्हतारी बीमार पड़गी थी। बचने की उम्मेद ना थी। सहर के बड़े डाकदर से इलाज करवाया था। सारा खर्चा चौधरी ने ही तो दिया था। पूरा सौ का पत्ता...ये लंबा लीले (नीले) रंग का लोट (नोट) था। डाकदर की फीस, दवाइयां सब मिलाकर सौ रुपए बणे थे। जब तेरी मां ठीक-ठाक होके चलण-फिरण लगी तो, मैं चार महीने बाद चौधरी जी की हवेली में गया। दुआ-सलाम के बाद मैन्ने चौधरी जी तो कहा—'चौधरी जी, मैं तो गरीब आदमी हूं, थारी मेहरबान्नी से मेरी लुगाई की जान बच गई, वह जी गई, वर्ना मेरे जातक वीरान हो जाते। तमने सौ रुपए दिए ते। उनका हिसाब बता दो। मैं थोड़ा-थोड़ा करके सारा कर्ज चुका दूंगा। एक साथ देणे की मेरी हिम्मत ना है चौधरी जी।'

चौधरी जी ने कहा, 'मैन्ने तेरे बूरे बखत में मदद करी तो इब तू ईमानदारी ते सारा पैसा चुका देना। सौ रुपए पर हर महीने पच्चीस रुपए ब्याज के बनते हैं। चार महीने हो गए हैं। ब्याज-ब्याज के हो गए हैं पच्चीस चौका डेढ़ सौ। तू अपणा आदमी है, तेरे से ज्यादा क्या लेणा। डेढ़ सौ में से बीस रुपए कम कर दे। बीस रुपए तुझे छोड़ दिए। बचे एक सौ तीस! चार महीने का ब्याज एक सौ तीस अभी दे दे। बाकी रहा मूल, जिब होगा दे देणा, महीने के महीने ब्याज देते रहणा।'

"इब बता बेट्टे, पच्चीस चौका डेढ़ सौ होत्ते हैं या नहीं। चौधरी भले और इज्जतदार आदमी हैं, जो उन्होंने बीस रुपए छोड़ दिए। नहीं तो भला इस जमान्ने में कोई छोड्डे है? अपणे शिवनारायण मास्टर के बाप बड़े मिसिर जी कू ही देख लो। एक धेल्ला बी ना छोड्डे। ऊप्पर ते बिगार (बेगार) अलग ते करावे है। जैसे बिगार उनका हक है। दिन भर में गोड्डे टूट जां। मजूरी के नाम पे खाल्ली हाथ। ऊप्पर ते गाली अलग। गाली तो ऐसे दे है जैसे बेद-मंतर पढ़ रहे हों।"

सुदीप ने पच्चीस का पहाड़ा दोहराया। पच्चीस एकम पच्चीस, पच्चीस दूनी पचास, पच्चीस तियां पचहत्तर, पच्चीस चौका डेढ़ सौ...।

अगले दिन कक्षा में मास्टर शिवनारायण मिश्रा ने पच्चीस का पहाड़ा सुनाने के लिए सुदीप को खड़ा कर दिया। सुदीप खड़ा होकर उत्साहपूर्वक पहाड़ा सुनाने लगा।

"पच्चीस एकम पच्चीस, पच्चीस दूनी पचास, पच्चीस तियां पचहत्तर, पच्चीस चौका डेढ़ सौ...।"

मास्टर शिवनारायण मिश्रा ने उसे टोका, "पच्चीस चौका सौ..."

मास्टर जी के टोकने से सुदीप अचानक चुप हो गया और खामोशी से मास्टर का मुंह देखने लगा।

मास्टर शिवनारायण मिश्रा कुर्सी पर पैर रखकर उकडूं बैठे थे। बीड़ी का सुट्टा मारते हुए बोले, "अबे चूहड़े के, आगे बोलता क्यूं नहीं? भूल गिया क्या?" सुदीप ने फिर पहाड़ा शुरू किया। स्वाभाविक ढंग से पच्चीस चौका डेढ़ सौ कहा। मास्टर शिवनारायण मिश्रा ने डांटकर कहा, "अबे कालिए, डेढ़ सौ नहीं सौ...सौ!"

सुदीप ने डरते-डरते कहा, "मास्साहब! पिताजी कहते हैं पच्चीस चौका डेढ़ सौ होवे हैं।"

मास्टर शिवनारायण हत्थे से उखड़ गया। खींचकर एक थप्पड़ उसके गाल पर रसीद किया। आंखें तरेरकर चीखा, "अबे, तेरा बाप इतना बड़ा विदवान है तो यहां क्या अपनी मां...(एक क्रिया–जिसे सुसंस्कृत लोग साहित्य में त्याज्य मानते हैं)...आया है। साले, तुम लोगों को चाहे कितना भी लिखाओ-पढ़ाओ, रहोगे वहीं के वहीं...दिमाग में कूड़ा-करकट जो भरा है। पढ़ाई–लिखाई के संस्कार तो तुम लोगों में आ ही नहीं सकते। चल बोल ठीक से...पच्चीस चौका सौ...स्कूल में तेरी थोड़ी सी तारीफ क्या होने लगी, पांव जमीन पर नहीं पड़ते। ऊपर से जबान चलावे है। उलटकर जवाब देता है।"

सुदीप ने सुबकते हुए पच्चीस चौका सौ कहा और एक सांस में पूरा पहाड़ा सुना दिया।

उस दिन की घटना ने उसके दिमाग में उलझन पैदा कर दी। यदि मास्साब सही कहते हैं तो पिताजी गलत क्यूं बता रहे हैं। यदि पिताजी सही हैं तो मास्साब क्यूं गलत बता रहे हैं। पिताजी कहते हैं चौधरी बड़े आदमी हैं, झूठ नहीं बोलते। उसके हृदय में बवंडर उठने लगे।

नर्म और मासूम बालमन पर एक खरोंच पड़ गई थी, जो समय के साथ–साथ और गहरा गई थी। किसी ने ठीक ही कहा है, मन में गांठ पड़ जाए तो खोले नहीं खुलती। सोते–जागते, उठते–बैठते, पच्चीस चौका डेढ़ सौ उसे परेशान करने लगा।

बालमन की यह खरोंच ग्रंथि बन गई थी। जब भी वह पच्चीस की संख्या पढ़ता या लिखता, उसे पच्चीस चौका डेढ़ सौ ही याद आता। साथ ही याद आता पिताजी का विश्वास भरा चेहरा और मास्टर शिवनारायण मिश्रा का गाली–गलौज करता लाल–लाल गुस्सैल चेहरा। सुदीप दोनों चेहरे एक साथ स्मृति में दबाए पच्चीस चौका डेढ़ सौ की अंधेरी दुर्गम गलियों में भटकने लगा। जैसे–जैसे बड़ा होने लगा, कई सवाल उसके मन को विचलित करने लगे, जिनके उत्तर उसके पास नहीं थे।

बस अड्डे से थोड़ा पहले एक बड़ा सा गति अवरोधक था, जिसके कारण अचानक ब्रेक लगने से बस में बैठे यात्रियों को झटका लगा। कई लोग तो गिरते–गिरते बचे। झटका लगने से सुदीप की विचारतंद्रा भी टूट गई, उसने जेब को छूकर देखा। तनख्वाह के रुपए जेब में सही–सलामत थे।

बस गांव के किनारे रुकी। बस अड्डे के नाम पर दो–एक दुकानें पान–बीड़ी की, एक पेड़ के तने से टिकी पुरानी-सी मेज पर बदरंग आईना

रखकर बैठा गांव का ही बदरू नाई, नाई से थोड़ा हटकर दूसरे पेड़ तले बैठा गांव का मोची, एक केले-अमरूद वाला। बस यही था बस अड्डा।

सुदीप ने बस से नीचे उतरकर आसपास नजरें दौड़ाईं, बस अड्डे पर कोई विशेष चहल-पहल नहीं थी। इक्का-दुक्का लोग इधर-उधर बैठे थे। वह सीधा घर की ओर चल पड़ा। गांव के पश्चिमी छोर पर तीस-चालीस घरों की बस्ती में उनका घर था।

दोपहर होने को आई थी। सूरज काफी ऊपर चढ़ गया था। उसने तेज-तेज कदम उठाए। लगभग महीने भर बाद गांव लौटा था। जानी-पहचानी चिर-परिचित गलियों में उसे अपने बचपन से अब तक बिताए पल गुदगुदाने लगे। इससे पहले उसने कभी ऐसा महसूस नहीं किया था। एक अजाने से आत्मीय सुख से वह भर गया था। अपना गांव, अपने रास्ते, अपने लोग। उसने मन ही मन मुस्कुराकर कीचड़ भरी नाली को लांघा और बस्ती की ओर मुड़ गया। गांव और बस्ती के बीच एक बड़ा सा जोहड़ था, जिसमें जलकुंभी फैली हुई थी।

जलकुंभी का नीला फूल उसे बहुत अच्छा लगता था। इक्का-दुक्का फूल दिखाई पड़ने लगे थे। उसने जोहड़ के किनारे-किनारे चलना शुरू कर दिया।

पिताजी आंगन में पड़ी एक पुरानी चारपाई की रस्सी कस रहे थे। सुदीप को आया देखकर वे उसकी ओर लपके।

"अचानक...क्या बात है...लगता है सहर में जी नी लग्या।"

"नहीं, ऐसी बात नहीं है...बस ऐसे ही चला आया।" सुदीप ने सहजता से कहा।

जेब से तनख्वाह के रुपए निकालकर उनके हाथ पर रखकर, पांव छुए। पिताजी गद्‌गद हो गए। दोनों हाथों में रुपए थामकर माथे से लगाए, जैसे देवता का प्रसाद ग्रहण कर रहे हों। मन ही मन अस्फुट शब्दों में कुछ बुदबुदाए। फिर सुदीप की मां को पुकारा, "दीपे की मां, करे यहां तो आ...ले सिंभाल अपने लाड़ले की कमाई।"

मां आवाज सुनकर बाहर आई, आंचल पसारकर रुपए लिए और सुदीप को छाती से लगा लिया। वह क्षण ऐसा लग रहा था, जैसे समूचा घर खुशी की बारिश से भीग रहा हो।

सुदीप चुपचाप सभी के खिले चेहरे देख रहा था। सब खुश थे। ऊपरी तौर पर तो वह भी मुस्कुरा रहा था, लेकिन उसके भीतर एक खलबली मची थी। वह अशांत था।

उसने मां से कहा, "यहां बैट्ठो मां।" हाथ बढ़ाकर आंचल से कुछ रुपए ले लिए। गंभीर स्वर में बोला, "पिताजी, मुझे आपसे एक बात कहनी है!"

"क्या बात है बेट्टे?...कुछ चाहिए?" पिताजी ने जिज्ञासावश पूछा।

"नहीं पिताजी, कुछ नहीं चाहिए...मैं आपको कुछ बताना चाहता हूं।"

पिताजी गुमसुम होकर उसकी ओर देखने लगे। कुछ देर पहले की खुशी पर धुंध फैलने लगी थी। तरह-तरह की आशंकाएं उन्हें झकझोरने लगी थीं। वे अचानक बेचैनी महसूस करने लगे थे।

सुदीप ने पच्चीस-पच्चीस रुपए की चार ढेरियां लगाईं और पिताजी से कहा, "अब आप इन्हें गिनिए।"

पिताजी चुपचाप सुदीप की ओर देख रहे थे। उनकी समझ में कुछ भी नहीं आ रहा था। असहाय होकर बोले, "बेट्टे, मुझे तो बीस ते आग्गे गिनना बी नी आत्ता। तू ही गिणके बता दे।"

सुदीप ने धीमे स्वर में कहा, "पिताजी, ये चार जगह पच्चीस-पच्चीस रुपए हैं, अब इन्हें मिलाकर गिनते हैं...चार जगह का मतलब है पच्चीस चौका..." कुछ क्षण रुककर सुदीप ने पिताजी की ओर देखा। फिर बोला, "अब देखते हैं पच्चीस चौका सौ होते हैं या डेढ़ सौ...।"

पिताजी अवाक् होकर सुदीप का चेहरा देखने लगे। उनकी आंखों के आगे चौधरी का चेहरा घूम गया। तीस-पैंतीस साल पुरानी घटना साकार हो उठी। वह घटना, जिसे वे अब तक न जाने कितनी बार दोहराकर लोगों को सुना चुके थे। आज उसी घटना को नए रूप में लेकर बैठ गया था सुदीप।

सुदीप रुपए गिन रहा था बोल-बोलकर, सौ पर जाकर रुक गया। बोला, "देखो, पच्चीस चौका सौ हुए...डेढ़ सौ नहीं।"

पिताजी ने उसके हाथ से रुपए ऐसे छीने, जैसे सुदीप उन्हें मूर्ख बना रहा है। वे रुपए गिनने का प्रयास करने लगे लेकिन बीस पर जाकर अटक गए। सुदीप ने उनकी मदद की। सौ होने पर पिताजी की ओर देखा। उन्हें विश्वास ही नहीं हो रहा था। उन्होंने फिर एक से गिनना शुरू कर दिया। बीस पर अटक गए। उलट-पलटकर रुपयों को देख रहे थे, जैसे कुछ उनमें कम हैं। सुदीप ने फिर गिनकर दिखाए। पिताजी को यकीन ही नहीं आ रहा था। सुदीप ने हर बार उनकी शंका का समाधान किया, हर प्रकार से।

आखिर पिताजी को विश्वास हो गया। सुदीप ठीक कह रहा है, पच्चीस चौका सौ ही होते हैं। झूठ-सच सामने था।

पिताजी के हृदय में जैसे अतीत जलने लगा था। उनका विश्वास, जिसे पिछले तीस-पैंतीस सालों से वे अपने सीने में लगाए चौधरी के गुणगान करते नहीं अघाते थे, आज अचानक कांच की तरह चटककर उनके रोम-रोम में समा गया था। उनकी आंखों में एक अजीब-सी वितृष्णा पनप रही थी, जिसे पराजय नहीं कहा जा सकता था, बल्कि विश्वास में छले जाने की गहन पीड़ा ही कहा जाएगा।

उन्होंने अपनी मैली-चीकट धोती के कोने से आंख की कोर में जमा कीचड़ पोंछा और एक लंबी सांस ली। रुपए सुदीप को लौटा दिए। उनके चेहरे पर पीड़ा का खंडहर उग आया था जिसकी दीवारों से ईंट, पत्थर और सीमेंट भुरभुराकर गिरने लगे थे। उनके अंतस में एक टीस उठी, जैसे कह रहे हों, "कीड़े पड़ेंगे चौधरी...कोई पानी देने वाला भी नहीं बचेगा।"

□□